很少有文体能像科幻作品这样既有文学性，又有科学的想象力。科幻能帮助孩子们建立起理性思维，培养孩子的想象力，留住孩子的好奇心。创作出让孩子能看得懂的少年科幻作品，是我一直坚持的目标。

杨鹏

随爆炸而来的耀眼的光团……数百万人葬身火海……原子灰漫天散落……在黄昏时分升起的蘑菇云……

我们原来生活的世界被一场高科技战争摧毁了⋯⋯所以我们只
能用这个移动装置转移到另一个世界。

什么样的世界都有……有的世界高度发达，有的世界的人们还在
与动物共存共荣，有的世界才刚进入铁器时代。

其实宇宙不止一个。据说这个世界也有人提出了这样的观点。无数个宇宙交织重叠，同时存在。

希望所有的孩子，
在领略科幻小说的大气磅礴后，
对世界永葆一颗单纯的少年之心。

给少年的科幻经典

なぞの転校生

异次元流浪者

[日] 眉村卓 著

曹逸冰 译

APTIME
时代出版

时代出版传媒股份有限公司
安徽科学技术出版社

[皖] 版贸登记号：12242141

图书在版编目（CIP）数据

异次元流浪者 /（日）眉村卓著；曹逸冰译.
合肥：安徽科学技术出版社，2024.9. --（给少年的
科幻经典）. -- ISBN 978-7-5337-8703-5
Ⅰ. I313.84
中国国家版本馆 CIP 数据核字第 20246WZ107 号

异次元流浪者
YICIYUAN LIULANGZHE

[日] 眉村卓 著
曹逸冰 译

出 版 人：王筱文　　　　选题策划：高清艳　李梦婷　　责任编辑：高清艳
特约编辑：张菁菁　　　　责任校对：张　枫　　　　　　责任印制：廖小青
封面设计：陈忆航
出版发行：安徽科学技术出版社　　　　http://www.ahstp.net
　　　　（合肥市政务文化新区翡翠路 1118 号出版传媒广场，邮编：230071）
　　　　电话：（0551）63533330
印　　制：安徽新华印刷股份有限公司　电话：（0551）65859551
（如发现印装质量问题，影响阅读，请与印刷厂商联系调换）

开　本：635×900　1/16　　印张：10　　插页4　　字数：74 千
版　次：2024 年 9 月第 1 版　　　　2024 年 9 月第 1 次印刷

ISBN 978-7-5337-8703-5　　　　　　　　　　　　定价：26.00 元

打开少年科幻阅读之门

杨鹏

少年科幻作品的创作，一直存在着两种创作本位，即"儿童本位"与"成人本位"。虽然作者在创作时，未必能意识到这一点，但不同的创作本位，在看到的世界图像、展现的精神图景、表现的语言状态、展示的文本形态等方面，都是不一样的。

"儿童本位"是指作者始终站在少儿受众的本位去创作少年科幻作品。在他们的眼中，少儿和成年人一样，是完整、独立的，和成年人完全平等（甚至是更加聪明、具有后喻文化优势、不需要成年人去训诫的"人"）。他们从少儿作为"人"在这一时期的心理特点、兴趣爱好、知识需求、理解能力、阅读期待、与成年人及世界的关系等方面进行创作。作者的态度是防御性的，他们认为少儿的想象力和优秀品质是与生俱来的，成年人的某些僵化的思维与陋习会对孩子的童年和想象力造成损害，因此他们需要不遗余力地保护孩子的童年与想象力。这类作者是少年和儿童的代言人。他们在创作作品时，虽然不能完全放弃其作为成年人的一些特质，如成年人的世界观、价值观等，但他们是在有意识的状态下最大限度地舍弃了其成年人的角色，返回了童年。其实，许多作家内心深处的某一部分从未长大，永远停留在童年或者少年时期某个阶段，所以他们清晰地记得自己在那个阶段的爱好、需求、对语言的感受、对成年人的看法、对世界的判断，以及什么样的科幻作品最能引起他们的兴趣。因此，他们不需要俯身去迁就少儿读者，只需要按照内心深处那个永远长不大的孩子的眼光、爱好、需求去创作，就能轻而易举地写出俘获少儿读者的科幻小说。

"成人本位"则是以创作者个人的成年人角色为本位去创作少年科幻作品。这一类作家在创作时会坚守自己的成年人视角、思维和理念。在他们的眼中，少儿是"不完整的人"，需要他们用科幻小说去潜移默化地植入正确的科学知识、科学理念、科学方法、科学思维，需要他们以代表人类先进文化、具有前瞻性的科幻小说为武器去抵御外来不良文化和愚昧思想的入侵。他们坚信只有这样，少儿在成长中才不会误入歧途，才能拥有正确的价值观，才能成长为优秀的"人"。这类作者认为他们是少年和儿童的教育者，他们也在保护着少年和儿童。不过，"儿童本位"作家抵御的对象是所有长大的成年人，而"成人本位"作家抵御的对象是与他们世界观不一样的成年人。这类作者在创作少年科幻小说时会俯下身去模仿儿童。他们中的大多数完整地度过了自己的童年，基本上没有童年创伤，但他们的童年经验是模糊、不完整的，甚至是缺失的。他们的创作经验多来自创作成人科幻小说的经验。他们只是将主人公或主要角色转换成少年或儿童，运用他们心目中的儿童语言去为少年和儿童创作。他们在讲科学原理时，只不过是采用了更加浅显的讲述方式，在创作心态上始终高于儿童。

此外，对于未成年人来说，不同的年龄阶段对作品的需求是不一样的。孩子的年龄越小，在成长过程中阅读作品的形态变化就越大。即使到了小学阶段，低年级的孩子与中高年级的孩子阅读作品的形态也是完全不同的。上初中后，阅读作品的形态逐渐稳定下来，初中生和高中生阅读的作品只是知识和语言难度上的区别。由于这个原因，少年科幻作品在文本形态，如人物塑造、语言结构、故事性、知识程度等方面都是不同的，需要细分。"儿童本位"的作者在为小学阶段的孩子创作作品上更具优势，因为他们内心深处的某一部分仍然停留在这一阶段，深谙这一阶段孩子的心理特点、阅读期待和语言习惯。"成人本位"的作者在创作适合中学阶段读者的作品方面更具优势，因为这个年龄段的青少年阅读的作品与成年人的作品已十分相近，没有阅读壁垒和阅读障碍，心理认同上也更趋向于成年人。

"儿童本位"和"成人本位"在创作上没有高下之分。好的作品都是孩子的良师益友。

本丛书收集了中外科幻小说名家专门为孩子创作的优秀少年科幻小说。这些作品同样可以用"儿童本位"和"成人本位"来区分。了解两种不同的创作本位，我们就得到了打开少年科幻阅读之门的一把钥匙。

目　录

第一章
神秘少年

那是一个风和日丽的星期天。

刚吃完早饭，广一便拿出棒球棍和手套，收拾着准备出门。

"咦，你要出门呀？"母亲问道。

"有场班级对抗赛，"广一扫了一眼手表，回答道，"我得赶紧过去。"

"功课做了吗？"

"广一会管好自己的，"父亲在里间翻着报纸说道，"新村的房子小，是得多运动运动，不然腿脚都要'生锈'了。"

"我走了！"

只听见砰的一声，广一带上铁门，来到走廊。他们一家住在有很多住户的大型新村，一出家门，就能看到左右两边都是长长的过道，一扇扇房门一字排开。

广一迈步走向电梯间，无意间瞥了一眼隔壁的房门。

门上竟然挂上了姓名牌！

明明昨天还没人住啊，这户人家到底是什么时候搬进来的？

他蹑手蹑脚地走近640室，透过窗户缝朝里看，沙发、冰箱之类的家具摆得整整齐齐，天知道这些东西是何时被搬进来的。同时，他还听到屋里有人在说话。

"好奇怪啊……这么多家具，一两个小时肯定是搬不完的。难道这家人是昨晚或者今天一大清早搬来的？"广一满脑子问号。

但他没能继续琢磨下去，因为门后传来了一阵轻轻的脚步声。

说时迟，那时快，640室的房门开了。

走出来一个和广一年纪相仿的少年。可无论怎么看他都不像是个地道的日本人。虽然头发和眼睛都是黑色的，但他面如冠玉，身材健美，令人不禁联想到希腊雕塑中的美少年。

"有……什么事吗？"少年问道。

"……没事。"

广一这才回过神来，低着头向电梯间走去。

谁知那少年竟跟广一上了同一部电梯，大概是要出门办事。

电梯里的气氛变得有些尴尬。这也难怪，毕竟广一刚才还在人家门口偷看呢。两人一言不发，默默地感受着电梯的下降。

咣当！突然传来一声巨响，电梯里顿时变得一片漆黑。

看来是停电了。

广一不禁咂嘴。"真倒霉，可比赛不等人。事已至此，只能先想办法出去，再走楼梯下去了。"

广一正摸索着寻找紧急呼叫按钮，突然看到一道光划过。他心头一颤，猛地转过身去。

光似乎来自少年的手电筒，逐渐聚成一个小点。只见少年将手电筒对准电梯门。

一股油漆烧焦的气味扑鼻而来，紧接着电梯门越来越红，开始缓缓熔化。

　　"喂！"广一吓了一跳，连忙上前制止，"你手里拿的是什么东西？别在门上开洞啊！"

　　"不用你管！"

　　少年喘着粗气，一点点移动那类似激光的亮点。

　　"住手！"

　　广一大吼一声。话音刚落，电梯灯就亮了。与此同时，两人的身体再一次随着电梯缓缓下降。原来，这只是一次短暂的停电。

　　广一凑近电梯门，发现门上多了一个十厘米见方①的小洞，门上的油漆都剥落了。

　　"你到底干了什么？"

　　他看向少年，不禁目瞪口呆。只见少年瞋目切齿，扭曲的面容写满了憎恶之情。

　　一股凉意扫过广一的背脊。

　　这个少年到底是何方神圣……他长得英俊潇洒，玉树临风，可才在电梯里被关了一小会儿，就掏出了一

---

①见方：用在表示长度的数量词后，表示以该长度为边的正方形。

个那么危险的家伙——小小的一个，却能熔化金属。这样厉害的东西，广一是见所未见，闻所未闻。

　　一楼到了，电梯门正常开启。少年背靠着墙，还喘着粗气。广一抄起棒球棍和手套就往外跑，将少年撂在原处。他可没工夫再搭理这个奇怪的家伙。

　　然而，广一和少年的关系还远没有画上句号。

　　事情要从第二天——星期一说起。

第二章

转校生

教室里的同学们各忙各的，有的在做笔记，有的在看课本。

早在十分钟前，第一节课的铃声就响过了，可老师还不见人影。

"大谷老师怎么还不来啊？"同桌香川绿轻声问广一，"不会出什么事了吧？"

就在这时，大谷老师走进了教室。不，不止大谷老师一个。她身后还跟着一个学生。

广一盯着讲台，呆若木鸡。因为来的不是别人，正是昨天打过照面的奇怪邻居。

同学们议论纷纷。少年的俊美容貌震撼了所

有人。

"岩田同学，发什么愣呢？"大谷老师厉声说道。

广一这才回过神来——他可是班长，得负责喊口令。

"起立！"广一大声喊道，"敬礼！"

初二（3）班的同学们叽叽喳喳地坐回原位。

"我给大家介绍一位新同学。"大谷老师让少年站上讲台。

"他叫山泽典夫……是从东京转学过来的。他第一次来大阪，大家要多照顾照顾他哟。"接着，大谷老师把手搭在少年的肩头，"山泽同学，做个自我介绍吧。"

"我叫山泽典夫。"

少年微微一笑，语气淡定，与昨天判若两人。

"我没什么兴趣爱好，也没有擅长的学科，最讨厌粗鲁的人。我会努力在这个世界——哦，不，在大阪……跟大家和睦相处……"

"哇！好帅呀！"

小绿在感叹的同时，似乎捕捉到了广一异样的表情，面露疑惑。

"咦，你怎么啦?"

"……没什么，就是有点……"广一只得搪塞过去。

就在这时，正在台上发言的典夫看了过来，目光落在广一身上。

广一也回敬了他一眼。典夫的脸颊微微抽搐。

教室里出现了一阵诡异的沉默。

"好了，山泽同学，请坐到座位上吧。"大谷老师说道，"同学们，我们得抓紧时间上课了。"

这堂是科学课。大谷老师开始讲课后，大家都拼命做笔记，仿佛已将典夫忘得一干二净。阿南初中在大阪享有盛名，每年都有大批学生考进名牌公立高中。这里的学生稍有松懈，成绩排名就会迅速下滑，因此他们根本没有工夫开小差。

只见大谷老师在黑板上写写画画，讲课进度飞快，而且她会边讲边抽查学生回答问题。如果这个学生答不上来，就换后座的学生来答，以此类推，因此学生们一刻都松懈不得。这就是大谷老师的教学风格。

广一做着笔记，瞥了一眼坐在前面的典夫。不看不知道，一看吓一跳。

典夫居然没在做笔记。别说是动笔了，他连课本都没打开，就这么抱着胳膊，一动不动地听大谷老师讲课。

"岩田同学！"大谷老师的声音突然传来，"太阳有哪些特征？"

广一猝不及防，起身盯着大谷老师看了片刻，脑子里一片空白。

大谷老师面露疑色，觉得广一的表现很反常。她环顾四周，指了指山泽典夫。

"山泽同学，你来回答。"

典夫立刻站了起来。

"您问太阳的特征？"

"答不上来？"

"那倒不是。"

"那就说来听听。"

"太阳——"典夫面无表情，语气淡定得就像在背书似的，"是一颗中等质量的G型主序星，直径约为地球的109倍。它位于银河系的边缘，自转速度约为……"

"够了，"大谷老师耷拉着肩膀，神情尴尬，"也没让你回答那么多……"

典夫微微一笑，没再说话。大谷老师略略转身，表情变得严肃起来。

"可课本总该打开吧。带笔记本没有？"

典夫点点头，从包里掏出一本大大的笔记本。

"带了。"

"那就好。"

大谷老师转身面向黑板。

"天哪，"广一心想，"听山泽典夫的口气，仿佛他一开始就知道老师要教什么似的。而且……刚才做自我介绍的时候，他把'大阪'说成了'这个世界'。"

真是越想越觉得不对劲。

"岩田同学，"小绿轻声提醒，"发什么呆呢！"

广一耸了耸肩，转头看向大谷老师。

第三章

一败涂地

上完第四节课，同学们快速吃完午饭，冲向操场。

"岩田同学，打乒乓球吗？"小绿提议道，"给你一个报仇雪恨的机会。"

"打球啊……"

广一当然爱打乒乓球，可是跟小绿打……

"你是怕人家说闲话吧？"小绿坦然道，"我也知道大家都在传我们的八卦新闻，可这点小事都放在心上，还怎么上学呀。"

也是，太小心反而容易招来流言蜚语。广一也懂这个道理，看来还是放轻松点比较好。

"好！"他喊道，"打就打！"

"叫上山泽同学吧。"小绿望向教室外。

山泽典夫正坐在操场的一角，盯着杂草发呆。

"山泽同学——"小绿喊道，"要不要一起打乒乓球？"

典夫摸了摸杂草，缓缓抬起头，歪着脑袋，露出略显神经质的表情，不知在想些什么。

"乒乓球？"

"你会打吧？"

"不好说……不过观看一会儿之后，应该就会了。"

"真不靠谱，"小绿笑道，"不过，没关系，一起来吧。"

三人走向乒乓球桌。那些已经开打的同学顿时满脸不情愿。

"岩田和香川来了！"

"唉……球桌又要被他俩霸占了。"

"不甘心就好好练呗！"小绿往候场区的位子上一坐，打趣道。

最先轮到的就是她。不愧是校队成员，小绿确实厉害，不一会儿就打败了之前连胜好几场的同学，她欢快地喊道："来吧，岩田同学……今天你还是我的手下败将！"

广一抓起球拍。小绿的发球快如闪电。广一把球削了回去，小绿趁机扣杀……可惜没过网。

"我运气不错嘛！"

两人打得有来有往。一方拿下一分，另一方就会立刻还以颜色。但随着比赛的推进，小绿渐渐占据了领先地位，这也许就是因为两人训练量的差距。广一好不容易才追平，结果连吃两记重扣，败下阵来。

"还是没戏啊。"广一挥了挥球拍，笑道。

"轮到谁了？"

"好像是我。"典夫上前说道。

"握拍的手法好奇怪啊！"广一看着典夫的手问道，"这是什么握法啊？"

"就这样，没问题。"

典夫往球台前一站，他的握拍方法既不像横握，也不像直握。

"你准备好了吗？"小绿问道。

典夫点点头。

小绿也不再和他啰唆，一上来就用了最拿手的发

球招式。好一个漂亮的快球！

球台周围的同学们瞬间欢呼起来。

但接下来的情况令广一简直不敢相信自己的眼睛。典夫打回去的球不仅球速快得惊人，而且角度刁钻，刚好落在球台的边角。不等小绿调整好姿势，反弹起来的球就落了地。

"……厉害啊！"小绿一时目瞪口呆，"好嘞，你休想再从我手里拿分！"

结果却不尽如人意。典夫左冲右突，动作快如闪电，扣杀凶狠无比。六比零，七比零，八比零……平时代表学校参赛的小绿都拿他毫无办法。

"你以前是专业选手吧？"输得一败涂地的小绿喘着粗气问道。

典夫抿嘴笑了笑，平静地回答道："不……今天是第一次打。"

"第一次？"

"我是……"典夫略显难为情地说，"第一次打乒乓球。"

在场的所有人都一时哑然，默默注视着典夫。

第四章

快下雨了

十多天后——

典夫已经成了初二（3）班的大红人。他上课时不做笔记，却能游刃有余地回答老师提出的所有问题；在运动场上也是十项全能；还长得英俊潇洒。这样的人不受欢迎才怪呢！

原来班上的风云人物广一都被他比得黯然失色。这也在所难免。不过典夫并没有和同学们真正打成一片，有时甚至会刻意把自己排除在集体之外，这着实令人费解。有同学主动搭话或邀请他参加活动时，他倒也不会拒绝，但他从不会主动和别人交往。

眼看着秋季运动会就快到了。一天，广一让大家放学后先别走，留半小时开个班会，商量一下运动会的事情。

"大家留一会儿，没问题吧？"

广一环顾全班，发现有一个人举起了手。

"我不行。"

举手的正是典夫。

"你有什么事吗？"

"倒也不是有事……"

"那为什么不能多留一会儿呢？"

"不行就是不行……"

对话的气氛变得紧张起来。

广一不禁把积攒多时的不满发泄在了典夫身上——尽管他知道这么做很幼稚。

"大家都那么配合，"广一大声喊道，"你却非要走，那就得把理由说清楚……比如要上补习班，要回去照看家里……明明没事，却非要搞特殊，那也太不像话了。"

"有什么关系嘛，班长也没资格管人家的私事啊。"戴眼镜的女生平野嚷嚷道。

"就是，班长你也太专横了！"

"要尊重个人意愿嘛！"

"大家静一静！"小绿起身说道，"岩田同学和山泽同学都有自己的立场，让他俩在一边商量，我们其他人先讨论起来吧。"

同学们都表示赞成。

"行吧。"广一开口道。

"不好了……"典夫望着窗外，带着哭腔说道，"快下雨了……可我没带伞啊。"

"开什么玩笑！"广一忍无可忍，愤然吼道，"从学校跑回新村都要不了三分钟，淋几滴雨算什么！"

教室里的气氛再一次变得紧张。所有人都默默地看着两人争吵。

"哎呀，真下雨了！"小绿喊道，"啊，好大的雨啊！"

典夫盯着窗外的倾盆大雨，全身瑟瑟发抖。

过了一会儿，他用轻得像蚊子叫的声音说道："雨里有原子弹和氢弹试验产生的放射性物质……我好怕……那可是会致命的啊……"

广一望着典夫，一脸茫然。"雨里有致命的放射性物质……这是什么意思啊……"

"别胡说八道了！"广一都不知道该说什么好了。

"不，不，不！"典夫尖叫起来，"我没骗你，我说的都是真的！"

第五章
轻蔑的眼神

关于运动会的班会结束时，已是傍晚时分。雨恰好也停了。

"倒是正好，"小绿对山泽典夫笑道，"要是你走得早，肯定会被那场阵雨淋成落汤鸡的。"

"不过我是真没想到，"一位同学兀自感慨道，"你居然这么怕雨里的放射性物质啊。"

"别说了！"

广一大吼一声。因为他发现典夫神色有异。

只见典夫死死盯着刚才那个发出感慨的同学，脸色与平时判若两人。他的身体抖若筛糠[1]，眼神中

①抖若筛糠：比喻身体发抖、打战。

写满憎恶之情。

和那天的神情一样!

广一不禁打了个寒战。两人初见那天,典夫在电梯里也露出过同样骇人的表情。

教室里一片死寂。所有人都一动不动,将视线定格在典夫身上。

谁知几秒钟后,紧张的气氛被骤然打破——

典夫忽然放松下来,开口说道:"你们可真傻啊……"

"傻?"

"是啊。"典夫缓缓说道,"知道这世界上最可怕的事情是什么吗?是人类因为过度发展科技而最终自取灭亡……雨里的放射性物质那么可怕,你们却好像完全不在乎似的……就没人考虑过这个问题吗?"

"莫名其妙,我听也听不懂。"广一回击道。

"听不懂?"

"是啊,"广一看着典夫写满轻蔑的脸庞,继续说道,"你痛恨原子弹、氢弹和带有放射性的雨,认为那是科技过度发展带来的负面产物,是吧?"

"对！"

"那你听好了。科技发展确实带来了各种各样的危害……但也带来了喷气式飞机、单轨列车和各种电器啊。过度发展肯定是不好的，但有得必有失啊。"

典夫的脸颊一阵抽搐。

"你……"典夫咬牙切齿，"你缺乏思考能力！"

"你说我不会思考？"

"没错。没有电器和那些所谓的科技利器才好呢！你们太迟钝了，什么都感觉不到。在我们看来，原始世界可比文明世界好多了！"

"你瞎说！"广一一把揪住典夫胸口的衣服，一拳砸在他的脸上。

"没有电，没有自来水，没有报纸……这样的日子你也过得下去？再说了，你那天在电梯里用的奇怪工具，不也是文明的……"

可没等广一说完，典夫便一个转身，冲向了夜幕中的校门。

"岩田同学，你太野蛮了！"小绿喊道。

"才不是我野蛮呢，他明明……"

"你也太冲动了！"一个同学说道，"万一山泽以后都不来上学了怎么办？"

　　广一喘着粗气，望向典夫离开的方向。他只觉得头晕目眩，心情糟透了。

第六章

640室的客人

正如同学们所料，山泽典夫一连三天都没来上学。

"岩田同学，"某天上课前，大谷老师叫住广一问道，"你住在山泽同学家隔壁吧？"

"嗯。"

"他还好吧？"

"我也不太清楚。"

"听说你揍了他一拳？"

……

"眼看着就要期中考试了，接下来还有运动会。这事你就打算这么拖下去？"

"可我……"

"住口！"大谷老师厉声道，"大家是怎么想的？就这样不管山泽同学了吗？"

香川绿起身说道："我觉得这件事是岩田同学做得不对。他打了山泽同学，就该好好跟人家赔礼道歉。他是班长，又住在山泽同学家隔壁，早就该行动起来了。"

小绿坐下来，对广一说道："本以为你是个敢作敢当的男子汉呢。"

同学们也是议论纷纷。

"老师今天会去山泽同学家看看，"大谷老师宣布，"岩田同学和我一起去，大家觉得怎么样？"

"好主意！"

"打了人就得负责啊！"

这样的声音不绝于耳，广一听着，咬紧了牙关。

"我也去！"小绿喊道。

教室里顿时变得鸦雀无声。

"你就不用跟着去了吧？"大谷老师柔声道。

小绿顿时羞红了脸。

"好了，大家打开课本。"大谷老师一边环顾教室，一边说。

放学后，广一跟着大谷老师一起回了新村。

广一是一万个不乐意，因为他打心底里讨厌山泽典夫。

也不知是为什么。也许是嫉妒使然……但好像又不全是因为嫉妒，主要还是来自生理层面的厌恶。他总觉得山泽典夫和其他同学有着某种本质上的区别。人家明明风度翩翩，模样俊朗，运动全能，成绩优异（上次的小测验，广一就没考过山泽典夫，掉到了第二名），各方面都是那么出色……广一觉得自己真是太没出息了。

下了电梯，广一回家撂下书包后，就和大谷老师来到640室门口。屋里好像来了客人，听上去异常热闹。

就在这时，门毫无预兆地打开了，走出来二十几个人，其中有不少是带着孩子的。

只见他们向山泽一家道别，然后走向电梯。广一一眼就看出来，他们绝不是普通人。因为，他们都跟山泽家的人一样仪表非凡，五官精致得好似希腊雕塑。

广一与大谷老师此时已呆若木鸡，眼睁睁看着那群神秘人从身边走过。其中有一两个人瞥了他们几眼，眼神冷若冰霜，仿佛充满了敌意。

"啊，山泽同学！"大谷老师比广一早一步回过神来，她冲着正要合上的640室的房门喊道。

合上的房门重新打开一条缝，典夫探出头来。

"山泽同学，老师想跟你聊聊……"

"请回吧！"典夫浓眉紧锁，斩钉截铁道，"我们跟您，还有那边的岩田同学没什么好说的。"

"可……"

"您放心，明天我会去上学的，刚才跟大家商量好了。"

砰！随着震耳的声响，房门再次合上。

大谷老师和广一惊得瞠目结舌，呆呆地在原地站立了许久。

"他到底是怎么了？"

"我更好奇的是……"某种难以名状的不安感在广一心头漫开，"他刚才提到了'大家'，这个'大家'指的究竟是谁呢？"

"还真是，好奇怪啊。"大谷老师耸了耸肩。

"老师，"广一语气严肃，"您说山泽同学会不会是……"

"嗯？"

"会不会是从另一个世界来的啊？"

大谷老师忍俊不禁："怎么会呢？山泽同学确实不寻常……但也不可能是天外来客呀。"

广一没再吭声。因为他意识到，如果继续想到什么就说什么，以后怕是没人肯信他了。

第七章

典夫的设计

期中考试顺利结束。一周后，运动会如期而至。

阿南初中的同学们有着很强的集体荣誉感，班级之间的竞争氛围浓厚。每年开运动会的时候，各班都要搭建选手入场用的拱门，还要练习喊加油的口号。初二（3）班也不例外。大家用心筹备，好不容易制作出了一座绚丽多彩的拱门。

运动会当天早上，广一和同学们来到操场组装拱门，顺便考察其他班级的作品。

"咱们班的拱门是最漂亮的！"同学们议论道。

"山泽同学的设计可真棒！"有个同学夸赞道。典夫难为情地挠了挠头。

"咦，你们看……"

突然，小绿惊叫起来。同学们望向操场的角落，只见初一（5）班的拱门快要组装好了。拱门被设计成了一棵大树，点缀着五颜六色的花朵……和初二（3）班的拱门一模一样。

"那边也有一个！"另一位同学喊道，"初三（2）班的也一样！"

同学们呆呆地望着那一座座拱门。这些拱门在细节上略有差异，但设计思路雷同。

"怎么回事啊？"有个同学喊道，"就跟提前商量好了似的！"

"山泽！"广一吼道，"你来解释一下……怎么会这样？"

"是碰巧……"典夫看着其他班级的拱门，同样感到一头雾水，"我也……我也没想到会出这种事……"

"你是不是抄了人家的设计？"广一逼问道，"还不快说！你到底……不对，应该是别人抄了你的……"

"不是的，"典夫摇了摇头，"真的是巧合，大家都不约而同地设计出了造型一样的拱门。"

"怎么可能！"

"岩田同学！"小绿打断了他，"你别凶人家呀！"

"可是……"

"可是什么呀！"小绿火冒三丈，"拱门的设计思路是山泽同学昨天想出来的，设计图也是当着全班同学的面画出来的，就算跟别的班撞了车，那也是碰巧嘛！"

"就是！"

"碰巧撞车了，这也没办法呀。"全班同学都站在小绿这边。

广一紧抿嘴唇。小绿说得没错，典夫没时间抄别人的设计，别人也没时间抄他的。

"对不起。"

"岩田同学，你最近好奇怪，怎么老是怀疑别人啊。"小绿数落了广一一通，然后高举双臂喊道，"入场仪式就快开始了，大家赶紧过去吧！"

典夫和小绿带着全班同学去操场排队。

广一默默地跟在后头。他早已失去了班级的主导权。

第八章

奇怪的同类

比赛正式打响，操场上洋溢着欢声笑语。场地旁边立着记分牌，各年级每个班级的得分情况一目了然。同学们个个全神贯注，争取在自己参加的项目中发挥出最佳水平。

不出大家所料，典夫的表现尤为突出。他虽然在团体项目中常常帮倒忙，但在个人项目中表现神勇，连校田径队的队员都被他远远甩在后头。

随着时间的推移，几个班级的领先优势愈发明显。不用说，初二（3）班是初二年级的第一名。

"广一！"

有人拍了拍观赛中的广一的肩膀。他回头望

去——

　　"你们班的表现很棒嘛。"不知不觉中，父母来到了广一身后，"初二的年级冠军肯定是你们的。"

　　父亲边说边把广一拉到操场的角落，随即压低声音问道："今年的拱门是怎么回事？"

　　"我也不知道……"广一摇了摇头，"说是碰巧设计成了一样的……"

　　"简直一模一样，"母亲望向操场，"初一两个，初二一个，初三两个……"

　　"而且有同款拱门的班级的比赛成绩都遥遥领先，真是奇怪了。"父亲随口说道。

　　广一心中一凛①，还真是这么回事。

　　这几个班级的总分都比其他班级高出许多。而且……他们在团体项目上表现平平，但个人项目的成绩好得出奇。

　　"我越想越纳闷，就找老师打听了一下，"父亲点了点头，"老师说，那几个班都有特别厉害的学生，而且全都是转校生呢。"

_____

①心中一凛：暗自吃惊，也含有害怕的含义。

"什么？"

"这么说来……住在我们隔壁的典夫也是这种情况。"母亲说道。

广一跟丢了魂似的，望向被各色拱门装点的操场。他能清楚地感觉到，自己内心原本模模糊糊的某种疑惑，逐渐变得确定。

"我过去一下。"

话音刚落，广一就冲向了初二（3）班的观众席。

这也太奇怪了……根本说不通啊。难道学校里有好几个典夫的同类吗？

广一决定还是直接找典夫问个清楚。他细想起来，典夫确实是个不寻常的学生。虽说"超人"只存在于虚构世界，可典夫不就是个名副其实的"超人"吗？

广一气喘吁吁地回到同学们身边，大声喊道：

"山泽！山泽！"

"一会儿有年级对抗接力赛，山泽同学去候场啦。"一位女同学说道，"哎呀，快开始了！"

观众们满怀期待，十分兴奋，注视着各就各位的选手。广一仔细观察着赛场上的每一个人，突然心口一沉。

错不了！

初二跑最后一棒的选手当然是典夫。他戴着绶带，坐在地上。初一和初三的选手分别在他两侧。广一可以确定，那两位都是典夫的同类。因为他们长相俊美，身材健硕，乍看就跟亲兄弟似的。广一又看向女队负责最后一棒的选手。果不其然——站在初一和初三的女队队伍最后的，都是可以和典夫媲美的美少女。

比赛开始！

首先进行的是女子组的比赛。选手们都是全校数一数二的"飞毛腿"，速度自然不会慢。眼看着她们飞也似的跑完一圈，把接力棒传给了下一位选手。

同学们齐声呐喊，广一则抱着胳膊，静静地观察着。

第二棒，第三棒……然后是最后一棒。

欢呼的分贝顿时翻倍。因为初一和初三的最后一棒选手都跟汽车一样迅猛加速，展现出令人恐怖的速度。不到十秒的工夫，她们就已经冲到了百米开外。

整个操场笼罩在莫名的亢奋之中，早已听不清谁在喊什么了。

广一目不转睛地盯着赛场。果然不出他所料——学校里真有典夫的同类。初二的最后一棒选手跑完四分之一圈时，初一和初三的两位选手已经跑了半圈，而且势头不减。

就在这时，异变陡生。

一架喷气式飞机掠过学校上空，飞机的轰鸣声和操场上的欢呼声融为一体。此刻，疑似典夫同类的女选手竟双双冲出跑道，直奔教学楼而去。

不仅如此，在一旁候场的男选手中，典夫和他的同类也都条件反射般地站了起来，一齐奔向教学楼。

操场顿时陷入诡异的寂静。片刻后，所有人都嚷嚷着冲向了教学楼。

第九章

一场混乱

到底发生了什么事?

广一起初都不敢相信自己的眼睛。等到回过神来,他立刻狂奔起来。

"怎么可以这样……选手们竟在比赛最激烈时弃赛逃跑了!他们可都是代表各个年级参赛的佼佼者啊。不就是飞机的轰鸣声?怎么会吓成这样……"

广一赶到时,人群已如海浪般散开,向校门涌去。

"抓住他们!"有人喊道。

不好!广一立刻反应过来。再这么下去,局面就要失控了……大家都会被从众①心理影响的!

———————————

①从众:个人受到群体的影响。

他拨开人群，向前挤去。

好不容易挤到最前头，他却被眼前的景象吓得愣在了原地。

只见几个初三学生挡在校门口。逃出来的五个转校生被后面涌来的人群和前面几个初三学生夹在中间，进退两难。

"站住！"一个初三学生吼道，"你们几个到底想干什么？"

这几个学生都是出了名的暴脾气。自己所在的班级成绩不理想，他们肯定憋了一肚子的火。就在这个节骨眼上，操场上出了事。于是他们看准机会，过来找茬了。

"回去！给我回操场去！"

"别丢我们阿南初中的脸！"

"我们早就看你们这群转校生不顺眼了！"

五个转校生盯着那几个步步紧逼的初三学生，向后退了一步又一步。然而，他们身后是来势汹汹的学生和家长。

五人停了下来。

"喂，你们不会是想跟我们对着干吧？"

"不！"典夫喊道，"只要你们让开，我们就不会怎么样。"

"净说梦话！"

其中一个初三学生大跨步上前，正要一把抓住典夫胸前的衣服。与此同时，闪光乍现。典夫从口袋里掏出了什么东西。

霎时间，一个场景浮现在广一的脑海中。没错，他回想起典夫搬到隔壁那天在电梯里发生的事情。当时才停了一小会儿电，典夫就掏出了某种神秘的装置，试图熔化电梯门。

不能再犹豫了。再拖就要出大事了！

广一冲到典夫和那个初三学生之间。

"你干什么！"

"住手！"

广一正要大声劝架，另一个初三学生以迅雷不及掩耳之势使出一记重重的勾拳。

广一只得弯腰躲闪，然后抱住对方的一条腿，用尽全身力气站起来。

对方就这么被掀翻了，砰的一声摔倒在地。

"路见不平，拔刀相助？"初三学生嘲讽道，

"你不是班长吗……这群人把运动会搞得一团糟，你怎么还帮他们撑腰！"

"我不是要帮他们撑腰，"广一说，"现在不是争这些的时候！"

但他来不及解释了。那群初三学生就像发现了猎物的猛兽，气势汹汹地扑了上来。

哼，这帮人不过是拿集体荣誉当借口罢了，其实就是想随便找个理由闹一闹。广一暗自冷笑。

想到这些，他的头脑顿时变得一片清明。广一瞥向身后，只见典夫他们抱着胳膊，静观事态的发展。

说时迟，那时快，有人一拳头砸了过来，广一眼冒金星。他伸手把那人拽到跟前，使出毫无章法的扫堂腿，然后猛推被制住的左臂，腰部顺势一扭，恰似柔道中的"拂腰①"。

对手的身体转了一圈，猛地砸在地上。

"让你拽！"

广一顿时被人一通乱揍。脸颊、头部、腰部……最后，一记重击正中腹部，打得他瘫倒在地。

①拂腰：在对方身体向前倾斜时，乘势插步进胯，并用右脚后摆上扫，将对方摔倒的技术。

广一抱头倒地，本以为马上就要挨踹了，但疼痛并未降临。

他缓缓抬起头。原来那群初三学生已经被同学和老师们按住了。

谢天谢地……

与此同时，广一感觉自己的意识逐渐模糊。

第十章
并非特例

远处传来吵嚷的人声。

广一恍惚着睁开眼睛。临近黄昏的阳光透过窗户洒在地上。他发现自己正躺在医务室里。

"哎呀！"一个声音传来，"醒了醒了！"

转头望去，父母的面容映入眼帘。

"疼吗？"父亲问道。

被父亲这么一提醒，广一才发现自己的头上和胳膊上缠着绷带，伤口隐隐作痛。他微微点头。

"听说那几个是初三出了名的恶霸……"父亲说道，"不过你很勇敢啊。"

"这么沉不住气……万一有个好歹可怎么得

了啊。"

"你就别说他了。"

"可……"

"男孩子嘛，血气方刚也正常。"

广一听着父母的对话，呆呆地看着天花板，然后闭上双眼。看来他的父母……不，全校师生大概都以为他是在替那五个转校生出头吧。

可解释了又有什么用呢？那五个学生在校门口被逼得走投无路时的表情还历历在目。他们的眼神无比阴沉，仿佛对世间的一切都心灰意冷。那几个初三学生，还有追来的学生和家长都看到了吗？其中，典夫的表情尤其……

广一心想："这群转校生是在害怕什么吗？"

细想起来，怪事又岂止这一件。广一第一次看到典夫的反常举动就是在电梯停电的时候。后来他又说什么"雨里有放射性物质"……这次事件的导火索则是喷气式飞机的轰鸣声。

不对劲……广一飞快地转动脑筋。典夫这些转校生肯定有什么秘密。

"对了……"广一睁眼问道，"他们怎么样了？"

"我们看你伤得不重，就请老师继续开运动会了。"父亲没听懂广一的意思，开口解释道，"这会儿应该快结束了。"

"你没事吧？"突然，一个响亮的声音传进医务室。原来是大谷老师来了。

大谷老师向两位家长连声道歉，然后转向广一问道："真的没事吗？医生说你伤得不重，就是有点轻微的脑震荡……"

"您就放心吧，"父亲代为作答，"养个三天就差不多了。"

"谢谢你啊，岩田同学。"大谷老师低头道谢，"当时要不是你挺身而出，肯定要出乱子了……多亏你及时制止，才没有酿成大祸。"

"不过这事透着蹊跷，恐怕没这么简单啊。"母亲喃喃道。

大谷老师不置可否，点头说道："那几个闹事的初三学生已经被生活指导老师叫去谈话了。"

"好像还来了几个记者和警察……"

"是啊，这真是奇怪啊！"

……

"他们说，这种事已经不是头一回了。"

"啊？"广一大吃一惊，连忙坐起来问道，"别的地方也发生过类似的事情吗？"

"广一！"

"我没事……老师，到底是怎么回事啊？"

"据说大阪市内有十多所学校发生了跟转校生有关的纠纷……"大谷老师凝视了广一片刻，继续说道，"包括小学、初中和高中。"

……

"一查才知道……那些转校生都长得跟洋娃娃一样漂亮，成绩也好，个个都是运动健将，而且……"

大谷老师默默望向窗外。广一和父母也都屏住呼吸，静候大谷老师的下一句话。

"据说……他们全都是同一天搬来大阪的。"

广一惊得瞠目结舌。是巧合吗？不可能，哪有这么巧的事啊。

"确实不太对劲啊。那群孩子有户口吗？"

"都有正规的户口。有个记者从警方那儿打听到，他们的户口都是从东京的同一个区转来的。"

……

"看来有问题的不光是我们阿南初中。这事实在是太离奇了，据说警方要求报社先别报道，等事态明朗一些了再说。"

"那报社答应了吗？"

"不好说……"大谷老师摇了摇头，"据说之前闹出来的小纠纷都没报道，也不知这一次会不会……"

"他们到底想干什么啊？"广一问道，"不会是串通好了要在大阪搞点什么事吧？"

"我也不知道，"大谷老师直摇头，"接下来会发生什么事呢……我真的难以想象……"

可惜他们没能继续聊下去。因为运动会结束了，同学们纷纷涌入医务室。

第十一章
写满仇恨的双眸

广一伤得不重，只是擦破了点皮，身上青了几块。年轻人恢复得快，而且运动会后面那天刚好放假，他在家歇一天就全好了，上学不成问题。

走进教室时，广一觉得班里的气氛变了。总结成一句话就是——同学们对他格外友善。

"好点了吗？"小绿问候道，"听说你挨了好几拳呢。"

"岩田，你小子可以啊！"一位同学说道。

"我们当时都被你吓到啦。"另一位同学耸了耸肩。

广一被同学们簇拥着，眼神却瞥向教室的角落。

典夫孤零零坐在那里，也正看向广一这边。两人的目光相遇时，典夫垂下了双眸。

广一暗暗得意，素来傲慢的典夫竟低下了头。他连"典夫没来探望过自己"这回事都忘得一干二净，甚至对人家生出了些许好感。

不过广一也很清楚，无论他如何努力，都难以超越典夫这个对手。而此刻的得意，正是因为他第一次在这位对手面前有了一点优越感……

但他做梦也没想到，第一节课刚开始又闹出了大事。

"哎呀，这不是岩田同学吗？"大谷老师一进教室就看见了广一，"身体养好啦？"

"如您所见，"广一起身拍了拍全身各处，"生龙活虎。"

同学们哄堂大笑。

"吃得多，底子好！"有人起哄道。

大谷老师微微一笑，转向典夫问道："山泽同学，你有没有谢过岩田同学呀？"

"我觉得没这个必要。"典夫语气冷淡。原本欢快的气氛顿时变得凝重起来。

"可岩田同学帮了你大忙啊。"

"就是！就是！"

同学们七嘴八舌地说着。

"哪有选手比赛比到一半逃跑的啊！别说初三的那几个人了，我看着都火大。"

"就那几个虾兵蟹将，我随时都能打得他们满地找牙！"典夫的声音响彻教室，全班瞬间哗然。

"马后炮！"

"事情都过去了，你当然敢夸海口了。"

议论满天飞。

典夫站在原地，狠狠地注视着全班。

又是那种眼神！眼里写满了仇恨……广一心有所感。

"也怪我那天太鲁莽了，"典夫挤牙膏似的说道，"我确实是被喷气式飞机的响声吓跑的……可被吓跑了就活该挨打吗？就活该遭人耻笑吗？"

教室里一片死寂。

大谷老师拿着课本和粉笔，一脸惊愕地看着典夫。看来她也没料到典夫会突然说出这么一番话来。

"我……不，应该说'我们'。反正你们都知道了……就算被那种人团团围住，我们也不怕。因为我们有麻醉枪，分分钟就能撂倒十个二十个……"

"岩田同学，麻醉枪是什么东西啊？"香川绿轻声问道。

"一种可以麻痹神经的武器，漫画里经常出现。"

"所以我们根本不需要别人出手相救……无论我们说什么，做什么，你们都要冷嘲热讽……有什么好笑的？听到那么恐怖的声音，不怕才怪呢！"典夫的声音有些悲怆，"你们根本就不知道……不知道那有多可怕。"

"这话是什么意思？"总算回过神来的大谷老师恍惚地问道。

"那是发射导弹的响声啊！"典夫的语气十分肯定，显得理所当然。

"原子弹……氢弹……中子弹……导弹……这些东西随时都有可能在头顶爆炸，生活在这样的世界，你们却完全不当回事。这个D-15世界的科技水平是落后了一点，但出事也只是时间问题……核战争迟早会爆发的……我们本以为这里不会有核战争……"说着说着，典夫竟哭了出来，"……你们知道核战争有

多可怕吗？随爆炸而来的耀眼的光团……数百万人葬身火海……无数男女倒在地上苦苦挣扎……原子灰①漫天散落……战败的一方为了报复，在灭亡的最后一刻胡乱发射火箭弹……还有血！焦黑的躯体！在黄昏时分升起的桃红色蘑菇云……救命！救命啊！"

"别说了！"大谷老师使劲摇晃典夫的肩膀，"山泽同学！"

"……我……我……"典夫剧烈地喘息着，双唇一张一合，"快逃……"

"醒醒啊！"

典夫深吸一口气："嗯……这里还没有爆发核战争……对不起，是我慌得说了胡话。"

教室里没有一个人笑他，也没有一个人骂他。所有人都跟水里的鱼似的沉默不语，盯着他和大谷老师。

典夫瘫坐在椅子上。大谷老师柔声问道："是不是身体不太舒服？"

典夫点头回答："对不起……我可以先回家吗？"

---

①原子灰：也称"放射性落下灰"，是核弹爆炸或核反应堆泄漏后从天而降的放射性尘埃。

"当然可以，"大谷老师说道，"反正你住得近，等情绪缓过来了再来就是。"

"好。"典夫收拾好东西，站起身来。

"我送你吧。"广一下意识地说道。

典夫却微微摇头："不用了。"

教室门徐徐合上，脚步声渐渐远去。一片死寂的教室中，突然响起某位同学的惊叹："他见过真正的核战争！"

"怎么可能？"广一毛骨悚然，心想。

典夫讲述时的语气和表情确实像极了核战争的亲历者。他好像真的看到过全世界导弹横飞、一座座城市灰飞烟灭的场景。

如果真是这样，一切谜团就都可以解开了。对生活在核战争阴影下的人而言，汽车爆胎的声响都能令他们联想到那恐怖的画面。

"然而……"广一摇了摇头，"典夫究竟是从哪儿来的呢？地球上还没出现过他描述的那种情况。而且，典夫刚才称这里是'D-15世界'。"

迷雾不仅没有散开，反而变得愈发浓重了。

第十二章

去趟隔壁

当天晚上，广一照常去了补习班，很晚才到家。他刚进门，就看到父母正在餐桌旁窃窃私语。

"哦，广一回来啦。"父亲抬头说道，"你看看这个。"

父亲递来一份晚报。

"怎么了？"广一将目光移向报纸。一个醒目的大标题跃入眼帘——

大阪惊现神童

旁边还配了几个小标题："来历成谜""行为诡

异，超出常识"……

广一心头一颤，一口气看完了那篇文章。

典夫他们果然被报社盯上了。记者介绍了若干事例，称最近有一批不同寻常的少男少女搬来了大阪，他们智商超群，运动能力过人，来历却很神秘。

看着看着，广一不禁想起了今天发生在教室里的那一幕。典夫发疯似的诉说着核战争的恐怖。他描述得那样真实，声音中充满了恐惧，仿佛曾身临其境。

广一越想越觉得典夫不是在演戏。他是亲眼看到过那样的世界末日来临时的场景，所以才会当着同学们的面又哭又喊。

"广一，在想什么呢？"父亲问道。

于是，广一简要叙述了今天发生的事情。

"确实很奇怪啊……"父亲感叹道。

"我听着瘆得慌……"妈妈害怕地说。

"可我觉得山泽说的都是实话，"广一思忖着说道，"我们听得汗毛都竖起来了。"

"隔壁怕是要闹腾一阵子了，肯定会有各种各样的人找过来的。"父亲说道，"但山泽一家八成是不会理睬这些人的。"

"我去趟隔壁。"广一冷不丁地说了一句。

父母都吓了一跳，盯着儿子的脸问道：

"去干什么呀？"

"饭都没吃呢。"

"吃饭不急，"广一抿了抿嘴，"反正我本来就得跟他说说今天老师教了什么。"

"这……"父亲还在犹豫，"我觉得他们不太喜欢别人多管闲事。"

"但……我想试试。"这时，广一已经在门口穿上了凉拖，"饭菜先热着吧，我回来了再吃。"

第十三章
格格不入

不出所料，广一按了好几次门铃，山泽家都没人应门。他们肯定一如既往地对外人戒心十足。

"我来这一趟，图什么呢……"广一心想。他忽然觉得自己很傻。

转而他又想："傻就傻呗，我可是有正经事要办的——跟典夫交代一下学校的教学进度。"虽然他知道少上一天课根本不会影响典夫的成绩，但这好歹是个理由嘛。

广一干脆敲起了门。

"是我！"他喊道，"我是住在隔壁的岩田广一，跟典夫是同班同学。"

片刻后，门打开了一条缝。

典夫的眼睛在门后一闪而过。

"你找我干什么？"

"同步一下学习进度！"广一连珠炮似的说道，"对了，你也看到今天的晚报了吧？如果可以的话，我想跟你好好谈谈。"

见典夫沉默不语，广一继续说道："外头都在议论呢，只是你们大概还不知道。只要是我能做的，我都愿意帮忙。我们坐下来好好聊一聊吧。"

"典夫，让人家进来吧。"一个声音从里间传来，听着像是典夫的父亲。

典夫打开房门，盯着广一看了一会儿，然后撂下一句："进来吧。"

广一难掩内心的喜悦。铁桶一般的山泽家终于对他敞开了大门。还没来得及思考为什么只有自己享受到了这样的特权，他就已经迈进了玄关。

谁知一进门，广一就被吓了一跳，愣在原地动弹不得。

因为已经有人捷足先登了。两室一厅的小房子里挤了十几个人，好像正在谈事情。就在广一进门的瞬间，大家齐齐转过身来。高高的鼻梁、清澈的眼眸、精致的五官、白皙的皮肤……十几张俊美的脸庞面向广一，所有人都直直地盯着他。

其中一人站了起来。那正是典夫的父亲。

"这边请。"

"哦……"

典夫戳了戳扭扭捏捏的广一，说："快进去啊！"

他的声音里透着前所未有的亲近感。广一惊讶地回头望去，典夫竟微微一笑。

那是广一从未见过的笑容，多么灿烂美好啊！

"到底是怎么回事？"广一心乱如麻，努力开动脑筋，却还是没理出个头绪来，只好乖乖穿过人群，走进里间。

典夫的父亲站到广一身边，用一种广一听不懂的语言向大家快速介绍了几句。然后，他转向广一，柔声问道："你就是岩田广一同学？"

"对。"广一在诡异的气氛中回答道。

"天哪，眼前的景象真是太不可思议了！"广一在心里惊叹。在门口看不到的里间并没有摆放普普通通的家具。映入眼帘的，尽是些表面哑光、结构复杂的金属物件，每一样都从未见过。吊在天花板上的也不是普通的日光灯，而是层层叠叠、呈放射状排列的发光物体。眼前的一切，让广一产生了置身异世界的错觉。

"今天的晚报登了那样的文章……你大概也隐约猜到了吧。没错，这间屋子里的所有人都是我们的族人。"典夫的父亲说道。

广一愈发不安了。他看到了这么多，听到了这么多，真的会没事吗？不会被灭口吧……

典夫的父亲似乎看穿了他的心思，徐徐道来："放心吧……我们不是间谍。我们愿意对那些有可能理解我们的人以诚相待。"

……

"我现在还没法跟你解释清楚，"在略带绿色的明亮灯光下，典夫的父亲微微皱眉，"你只需要知道，我们是一个团体，但不是所谓的秘密组织，我们是为了实现某个非常和平的目的而聚在一起的。"

"那你们的目的是……"

"先听我说吧。我们本想在这个世界……"

"D-15世界？"

突然，广一反问了一句，典夫的父亲不禁怔住了。但片刻后，他像是下定了决心，继续说道："没错，我们本打算在这个D-15世界扎下根来，跟大家和睦相处。但情况似乎出现了变化。请你坦率地回答我——你觉得我们格格不入吗？"

　　"格格不入？"

　　"我的意思是，我们看起来像不合群的异类吗？"

　　"不，一点也不像，"广一斩钉截铁地说道，"你们完全可以和大家打成一片……只是……"

　　"只是？"

　　"这个问题一言难尽，"广一已然重拾自信，"怎么说呢，你们都太优秀了，也太敏感了。"

　　……

　　"我不清楚你们的来历，但我知道如果是普通人，要更迟钝一点，更淡定一点。也许问题就出在这里……"

　　"小伙子，"在场的一个人问道，"要想在一个世界平安度日，最重要的不就是在各方面都出类拔萃吗？"

　　这个问题确实很难回答，但广一总觉得哪里

不对。

"我也说不清……但感觉你说得不完全对吧。"

另一个人也想提问，但典夫的父亲抬手制止了他。

"今天是我们第一次直接和这个世界的人对话，还是点到为止吧。"

见众人纷纷点头，典夫的父亲拍了拍广一的肩膀，说道："谢谢你。看来我们得再接再厉，想办法融入这个世界。"

接着，他笑着说："你可以把在我们家看到的一切告诉任何人……我们在做自己应该做的事情。"

被典夫送出门的时候，广一还没回过神来，仿佛置身梦中。

"不过典夫他们怎么突然对我如此友好呢？"广一不解地想。

直到第二天，他才有了些许头绪。

第十四章
大事不好

　　好一个清爽的早晨。风透过敞开的窗户悄然吹进来，带来丝丝凉意。

　　教室里的氛围也与运动会前截然不同。"中考"二字化作沉甸甸的大石头，压在每个人的心头。

　　不知大谷老师有没有被这紧张的氛围影响，她点名的语气倒是如常："松田同学，松宫同学，村上同学，村桥同学……"

　　典夫的名字排在最后。

　　"山泽同学……山泽同学？没来啊？"大谷老师抬起头问道，"有人知道他为什么没来吗？"

　　教室里鸦雀无声。片刻后，大谷老师将目光投向了广一。

"我也不知道。虽然我昨晚见过他一面……"

广一话音刚落，同学们就叽叽喳喳地议论开了。

"真的吗，岩田同学？"

"我骗你们干什么啊？"广一提高音量，回答道，"我昨天真去过他家……可没听他说今天要请假啊。"

"天哪！"香川绿惊讶地喃喃道，"还没人进过山泽同学家呢……太阳打西边出来啦？"

"岩田同学……"大谷老师点了广一的名，"岩田同学！"

"在！"

"你待会儿来一趟办公室，"大谷老师看了看广一，又看了看小绿，"讲讲山泽同学到底是什么情况。知道了吗？"

"哦……"

"好了，现在大家打开课本！"大谷老师恢复了往日严厉的态度。

"岩田同学！"小绿一个劲地戳广一，"你真去过山泽同学家啦？进门了没有啊？"

广一瞪了小绿一眼："烦不烦啊，正上课呢！"

"哼！"小绿板起面孔，没再跟广一搭话。

"算了……她要生气就生气吧。"广一心想，"不过话说回来，他们昨天为什么对我那么友善呢？明明在开会，却开门放我进去，还问这问那……搞得我连晚饭都忘了吃，把爸妈吓得不轻呢。"

当你回想一个人的样子时，总会连带着记起他的某个表情。想到典夫时，广一的脑海中就浮现出他的笑容。广一从未见过如此动人的笑容。

"……我肯定是疯了。上课开小差，复习的时候可就吃力了，得认真听讲啊。"广一不禁想到。

可惜，广一想好好听课的愿望还是落空了。因为就在这时，一阵急促的脚步声传来，教室的门被人一把推开了。

"谁呀？"大谷老师回头望去。

就在这时，广一喊道："妈妈！"

"广一啊！"母亲已是六神无主，"不好了……新村……新村出大事了……"

"什么？"

"隔壁……"母亲喘了好一会儿才说出下半句来，"山泽家出大乱子了！"

"啊？"

"他们让你赶紧去一趟。妈妈都不知道该怎么办才好，新村都乱成一锅粥了……"

"老师！"广一说道，"我能回趟家吗？"

"我也去！"

"带上我！"

"还有我！"

全班同学都站了起来，一副要全体出动的架势。

"不行！"大谷老师厉声喝道。

同学们顿时僵在原地。

"现在是上课时间！你们来学校是为了学习！"大谷老师严肃地说，声音铿锵有力，"有事的就岩田同学一个。岩田同学，你先回去吧。其他人不准离开教室。"

同学们吵吵嚷嚷地坐回原位。广一正要和母亲一起回去，小绿却追了出来。

"岩田同学！"小绿盯着广一说道，"山泽同学就拜托你了！"

"你……"广一心头一紧。

小绿没再多说什么，转身跑回了教室。

第十五章

激光枪

广一跟母亲回到新村，映入眼帘的景象令他瞠目结舌。

只见管理员挡在电梯口，大声喊道："电梯坏了！请大家走楼梯吧！"

电梯间里挤满了摄影师和记者，一看就是来采访的。母子俩急忙冲上楼去。母亲爬到四楼就吃不消了，于是广一一步两级，独自冲上六楼，跑得上气不接下气。

谁知……冲到640室门前一看，广一不禁惊呼。

门前挤满了人。有新村的街坊，有报社的记者和摄影师，甚至还有扛着摄像机的电视台工作人员。

"开门！"众人吼道，"开门啊！"

"出什么事了？"广一拉住一位眼熟的街坊问道。

那位街坊好像惊魂未定，回答道："哎呀……说是住640室的少年伤了人！"

"伤了人？"

"没错，我亲眼看到的！"围观人群中有人吼道，"受伤的人刚被送去医院了……烧得很严重，衣服都烧光了！好在没有生命危险。"

"糟糕！"一股悔意涌上广一的心头，他想，"肯定是山泽家的人用了某种武器……就知道会出这种事！"

"请把我的朋友叫来！"一片谩骂声中夹杂着少年凄厉的喊声。

是典夫！

"我跟你们没什么好说的！"

"什么？"

"岂有此理！"

在铺天盖地的怒吼声中，广一好不容易才挤到人群的最前面，中途险些被撞飞。

"明明是你们不好！"门后的典夫大喊，"叫我的朋友过来！他叫岩田广一！只有他能理解我！"

"我来了！"

房门应声开启。

广一被屋里的人一拽，跟跟跄跄地走进了640室。

门外的吼声顿时提高了八度。

"你总算来了！"典夫抓着广一的手，又哭又笑，"我只信你一个！只有你拿我们当人看。不，应该说只有你不会戴有色眼镜看我们。"

"别慌！到底出什么事了？"广一大声问道。

"刚才就我一个人在家，有个陌生人不知怎么的，用万能钥匙打开了我家的门，闯了进来……还拍了好多照片……怎么可以这样啊……"典夫哭着说道，"所以我才用了激光枪。"

第十六章

非走不可

广一盯着典夫的脸看了好一会儿。

激光枪？他倒是听说过激光产生的原理。将光线导入两端都有反射膜的红宝石晶体，光线就会被困在里面，不断激烈地往复。达到一定的速度后，光束就会自反射膜较薄的那一端发射出去。这就是最原始的激光原理。后来人们研发出了各种激光产品，如今在各行各业都有应用。所以广一早就知道有"激光"这么个东西。据说威力强大的激光甚至可以让金属瞬间蒸发。

然而，把激光用作武器，这样的情节广一还只在电影和漫画中看到过。至少，典夫此刻拿在手里的粗管尖头激光枪还没有普及。

"你用这把枪打伤了闯进你家的人？"广一问道。

典夫点点头。

"你不觉得自己做得太过火了吗？"

"那你让我怎么办？"典夫咬牙切齿道，"难道要我眼睁睁地看着他在我家胡闹吗？"

"可是……"

"开枪前，我已经把激光的强度调到最低了。"典夫的声音都在发颤，"我也不想伤害他，就是想给他一个警告！可是……可是他们非说……"

"我明白了。"广一把手放在典夫肩头，"交给我吧。"

典夫顿时两眼放光，但脸色很快重归阴沉。

"没用的……"典夫喃喃道，"都闹成这样了……已经没法收场了。"

"不试试怎么知道。"广一语气坚定，"这样吧，我一个人出去跟他们谈。如果躲在里头什么都不做，只会让事情变得更糟。"

正如广一所预料的，见屋里的人全无反应，原本好不容易平静下来的围观群众再一次嚷嚷起来。

"给我出来！"

"报纸上说的就是你们吧！"

还有人骂道：

"神童了不起啊！伤了人就得负责！"

"就是！就是！"

铁门仿佛被骂声震得发颤。

"我出去跟他们谈，"广一说道，"你待在这儿别动。"

"等等！"典夫揪住广一的衣角，"现在出去太危险了……先别走，好不好？"

广一微微一笑。他忽然有种自己多了个弟弟的错觉。此时此刻，他才意识到眼前这位长相英俊、脾气倔强、聪明绝顶的少年比谁都敏感，无比惧怕来自外界的压力。

"凡事都得试了才知道行不行。"广一说着甩开典夫的手，打开房门。

走廊上的人群立刻退缩。可发现出来的是广一后，众人再次缓缓逼近。

"那个孩子呢？"一个常在新村游荡的家伙喊道，"怎么不把他拽出来啊！"

"各位！"广一喊道，"各位听我说两句！"

吵嚷声渐渐低了下去。

广一环视在场的众人。有的人是一副看热闹的样子，有的人则表现得义愤填膺。

"在场的有谁认识刚才受伤的那个人吗？"广一问道。

大家面面相觑，好像没人认识伤者。

"据我了解，是他偷偷潜进山泽同学家里，还擅自拍了不少照片。"

"胡说八道！"刚才说话的家伙吼道，"那家人说什么，你就信什么啊！"

众人又七嘴八舌地议论起来。

"是时候了！"广一心想。

他朗声说道："有人目击到事件的全过程吗？"

"我都看到了！"一位胖大婶跳了出来，"吓死我了……衣服都烧焦了，全身上下没一处皮肤是完好的……"

大婶咬牙切齿地盯着广一。

"就该让警察把那孩子抓起来……再说了，这种事哪轮得到你一个小孩子插手！"

"就是就是！"

"你凭什么挡在那儿！"

"别吵了！"广一厉声吼道。这帮人似乎一下子被震住了。

"这位大婶，"广一抬手一指，"您真的看到了事情发生的全过程？"

大婶使劲仰起下巴说道："是啊，看得真真切切的！"

"那我问您，那人是在屋里受的伤，还是在屋外受的伤？"

······

"我想起来了，那人好像是倒在门外的。"一个抱着胳膊的人嘟囔道，"这么说起来，还不能确定是不是那个孩子干的。"

"开什么玩笑。"大婶还不肯罢休，"那人伤得可重了！把人弄成那样，难道不该······"

"该怎么处理，警方会判断的！"广一张开双臂，"各位请回吧！这里没什么热闹可看的。山泽同学都吓坏了。"

"你算哪根葱啊？"有位青年嚷嚷道，"你自己怎么不走啊！"

"我是他同学，就住在隔壁！"广一又大声重复了一句，"各位请回吧！"

围观群众顿时变得哑口无言，但他们显然还不服气。

"没错！"突然，人群后方有人大吼一声，"广一说得对！"

来人正是广一的父亲，身后还跟着母亲。只见父亲拨开人群，挥舞着双臂说道："我是这个孩子的父亲……你们一群大人，欺负两个孩子，差不差啊！怎么，要动用私刑吗？"

人群渐渐散去。

父亲双手叉腰，看着人走光了，才转向儿子说道："我回来取忘带的东西，结果刚好撞见这一幕……广一，你做得很好！"

"我早就想冲上来了，可你爸拦着不让……非要让你历练历练。"母亲哭笑不得。

广一心头一暖。

"对了，典夫在里头吗？"父亲问道，"警察来问话了。"

"是这家吧？"一位警察走过来问道，"能让我们进去看看吗？"

广一敲了敲640室的大门："山泽！山泽！"

无人回应。

"怪了……"广一脱鞋进屋，正要大声喊人，却连忙捂住了自己的嘴。

典夫在家……就站在摆着各种奇怪家什的里间。但家里不止典夫一人，他的父母也在，都直直地看向门口。

"怎……怎么回事？"广一脊背发凉，心想，"刚才屋里明明就典夫一人……我出门之后，也没人进来过啊……"

就在这时，典夫的父亲对广一说道："我们接到消息后就赶回来了……典夫都跟我们说了。"

然后，他落寞地摇了摇头："我们没法再留在这个世界了。"

……

"但该负的责任是一定会负的。我们这就陪着典夫去警察局。"

"谢谢你！我都不知道该怎么谢你才好……"

就在这时，典夫突然喊道，他用手背揉了揉脸，"只有你从一开始没有对我另眼相看……起初我还挺生气的……但我现在终于明白了……你才是最真诚的……"

"走吧，典夫。"典夫的父亲催促道。

但典夫制止了他，继续说道："都怪我不好，害得大家都不能留在这个世界了……但我永远都不会忘记你的。"

"等等！"广一好不容易找到一个说话的机会，"你们有什么打算？"

"今晚九点天台见，"正要出门的典夫回头说道，"到时候再告诉你。"

广一还想继续追问，但警察已经等不及了，父母也在喊他。

"走吧。"典夫的父亲催促道。

第十七章

全员失踪

父亲去公司上班了。广一也拿起书包，回到了阿南初中。

穿过校门时，第五节课的铃声刚好响起。广一大步穿过操场，赶在上课前溜进了教室。

"啊！岩田回来了！"一位同学惊呼道。

全班同学应声起立，把广一团团围住。

"情况怎么样？"

"山泽到底干了什么？"

恰在此时，语文老师走进教室。看到这闹哄哄的情景，老师吃惊得一句话都说不出来，在讲台上愣了好一会儿。

"大家静一静！"广一大吼一声，"待会儿再说……先上课！现在是上课时间呢！"

可同学们还是吵嚷不止。等大家好不容易平静下来，这堂课都已经过去十五分钟了。

"岩田同学！"小绿连戳广一好几下，"岩田同学！给点反应呀！"

广一看向小绿。只见小绿递来一张折叠好的小纸条。

"你们俩干什么呢！"语文老师暴跳如雷。

广一攥着纸条，抬头望向老师。

老师大跨步冲下讲台，向他们走去。这位语文老师在学校是出了名的暴脾气。刚上课时看着同学们吵闹的样子，老师已经憋了一口气。广一做好了挨训的准备。

"香川，你给岩田传纸条了，是不是？"语文老师瞪了小绿一眼，然后向广一伸手道，"交出来！"

广一瞥向小绿。

小绿抬起低垂的脑袋，递过去一个眼神，表示"没关系"。

于是，广一交出了纸条。

"是不是要抗议我侵犯隐私？"语文老师边说边展开纸条，"随你们怎么说，嫌我爱说教也无所谓。可你们自己心里得有数啊，眼看着就要升初三了……刚才吵闹着浪费了半节课，现在还传小纸条，像什么样子！"

看到纸条上的字，语文老师露出诧异的表情，问小绿："这是什么意思？"

同学们原本都被语文老师吓得大气不敢出，可听到这句话，教室里再次哗然。

语文老师显然有些不知所措，放缓了语气问小绿："我可以念出来给大家听听吗？"

"可以。"小绿乖乖答应。

语文老师把纸条拿到眼前，朗声念道："'今天放学后要不要开个临时班会，讨论一下山泽同学的事情？大家都没心思上课了'……这是怎么回事？"

语文老师看向广一："我也听说你居住的那个新村今天出了点事……你们说的就是那件事吗？"

"我来解释一下吧，"广一起身道，"刚才我回了一趟新村，见到了山泽同学。"

不料广一的话音刚落，就有人一把推开教室门冲了进来。

全班同学惊呼："大谷老师！"

大谷老师向语文老师点头致意后说道："不好意思，打扰您上课了。"

"是为了那群神童的事吧？"语文老师心里充满了疑问，"怎么连您都……到底出什么事了？"

"我们学校来了五个与众不同的孩子，个个都是山泽典夫那样的天才，这事您是知道的吧？"

"知道啊，"语文老师回答道，"那又怎么样？"

"他们不见了！"

同学们惊叫起来，忙问大谷老师："真的假的？"

"千真万确！"大谷老师喘着粗气说道，"有几个是上课上到一半突然消失的……已经闹得满城风雨了……所以我才想找岩田同学问问山泽同学的情况……"

"天哪，怎么会这样！"小绿带着哭腔喊道，"连山泽同学都不见了吗？"

"老师也不知道是怎么回事。"说到这里，大谷老师像是想起了什么，对语文老师说道："对了，刚才学校通知说，下课后要召开紧急教职工大会。"

语文老师盯着大谷老师发愣。

这时，生活指导老师冲进了教室："老师！老师！不好了！"

"又怎么了……"语文老师嗓音颤抖地问道，"还能出什么事啊？"

"听说他们全都不见了！"生活指导老师大声嚷道。

"啊？"大谷老师脸色铁青，"什么叫'全都不见了'？"

"您也看过报纸上的那篇报道吧？关于搬来大阪市的那群神童的。"生活指导老师气喘吁吁，像是已经解释好几遍了，"学校刚接到电话，说那些孩子全都失踪了！"

这下可好，谁都没心思上课了。初二（3）班的所有人都坐不住了，大家都站起来走来走去，吵吵嚷嚷着，其他班级好像也一样……不，大阪市的所有学校恐怕都是这个状态。

这时，广一想起了山泽典夫临走前对他说的话。

"等等！"广一叫住了正要离开教室的老师们，"我跟山泽同学约了今晚见面。"

"真的吗？"小绿最先发问，"真有这回事？"

"老师们要不要跟我一起去？"

"也许不该说出来的，"广一心想，"我也知道说出来会让事态进一步升级。可老师们的担忧、小绿的态度和同学们的反应，让我觉得自己不应该瞒下这件事。拨开迷雾的关键，也许就是与山泽典夫的这次会面。既然如此，请大谷老师同去就是明智的选择……"

上完第六节课后，广一径直赶回新村。

他已经跟老师们商量好了。大谷老师和校长会在晚上九点赶来。他必须在那之前吃完晚饭，做好充分的准备。

"等等！"

听到背后传来的喊声，广一停下脚步，只见小绿追了上来。

"就不能带上我吗？"

"对不起，"广一回答道，"我已经跟大谷老师他们商量好了，没法带别人了。"

"太过分了！"小绿捶着广一的胸口，"岂有此理！为什么……"

"可是……"

就在两人纠缠的时候，广一的母亲迎面跑来。

"广一！大事不好了！来了好多报社和电视台的人，说要采访你。"

"啊？可是……"

"你还没听说啊？"母亲咽了口唾沫说道，"刚才管理员打开了我们隔壁640室的门，发现屋里都空了！"

"那……山泽家的人……"

"都不见了……倒是有人看到他们从警局回来……可回来以后就不知所踪了。"

第十八章
人去楼空

广一望向前方不远处耸立着的新村楼房，紧抿嘴唇。

"山泽家的人都不见了？"他心想，"约定今晚九点天台见，难道是骗我的吗？"

可广一转念一想，典夫根本没必要费尽心机撒这种谎。典夫脾气倔强，一旦下了决心，几匹马都拉不回来，这种人一定会信守承诺的。

母亲忧心忡忡地瞥了一眼新村那边。

"你可不能这样直接回家啊，"母亲说道，"报社和电视台的人都气势汹汹的……现在回去……"

"没关系，"广一笑道，"我还是得回去。"

"广一！"

"妈妈，您也回家吧……总有办法的。"广一心意已决。

在采访到他之前，摄影师和记者们是绝不会离开新村的。他们会到处找他，赖在新村不走。

这样下去会发生什么呢？校长和大谷老师晚上来新村时，定会被蹲守已久的记者们逮个正着，事态也会进一步恶化。广一也不知道到时候能不能见到典夫。无论如何，他都得趁现在把报社和电视台的人打发走。

正要和母亲一起返回新村时，广一回头看了一眼立在原地默不作声的小绿。

小绿紧抿嘴唇，一声不吭，死死地盯着广一。一向活泼开朗的运动女孩竟成了这副模样，这让广一的内心有点不是滋味。

遥想典夫还没转来的时候，广一和小绿走得还挺近的，以至于同学们经常拿他们开玩笑。

"香川同学，"广一说道，"如果……你实在想去的话……就再问问大谷老师吧？"

小绿垂下了眼眸。

"算了吧。"她低声说道，"对不起……刚才是我太冲动了。我也知道自己没有资格多管闲事。"

广一听得出来，她在努力克制自己的情绪。

"如果我开口去求老师，说不定还能再见山泽同学一面。可我要是去了，同学们肯定会嚷嚷着也要去，那样只会让老师和岩田同学为难……"小绿抬起头来。

"走啦。"说完，她用力甩了甩头发，转身朝学校跑去。

广一目送着她的背影，片刻之后，才转过身去。

母子俩四目相对。

母亲没有多说什么。但广一发现，她的眼神中似乎流露出对小绿的赞叹之情。

等候已久的记者们一看到走出电梯的广一，就一窝蜂地围了过来。

"你就是岩田广一吧？"一个戴着袖章的人问道，"听说你跟山泽典夫很熟？"

"对，"广一坚定地看向记者，回答道，"我们是好朋友。"

"那你知道你的好朋友出了什么事吗？"另一个

人问道。

"这孩子刚放学。"母亲喊道，"上了一天的课累得够呛，你们还问这问那的……"

"没事的，妈妈。"广一走到记者们跟前。

人群立即围成一圈，闪光灯此起彼伏。

广一心想："干脆照实说吧，没必要撒谎。但在见到典夫之前，我绝不能提起今晚的约定。"

"山泽同学确实与众不同。"广一刚一开口，记者们迅速做起了笔记，"我记忆中的他简直无所不能——运动能力超群，成绩优异，各方面都很出色。"

广一突然意识到自己用了"记忆中"三个字，悲伤涌上心头。听着就好像山泽典夫已经不在人世了似的……

他心中一阵感慨，讲述也随之中断。不一会儿，记者们趁着间隙连珠炮似的开始提问。

"你觉得他们上哪儿去了？"

"你知道他们为什么那么厉害吗？"

"大阪市的神童集体失踪了！听说你曾多次出入山泽家。那么，今早的事件和你有关吗？"

广一有问必答，但没有透露今晚的约定，也没有提起典夫家里的奇怪家什，更没有道出"他们可能来自异世界"的猜测。因为他很清楚，一旦提起了这些，记者们一定会抓着他问到天明。

等一切尘埃落定了再说也不迟。不留一手的话，他就没法脱身了。目前只能对记者和摄影师有所保留。

七点半过后，广一才重获自由。

"这事实在是蹊跷……再找找其他和神童有接触的人查一查吧。"

"根本解释不通啊，真叫人头疼……哦，多谢你的配合。"

目送他们挤上电梯后，广一抬手看表，然后急忙打开640室的房门，探头望去。

确实是"人去楼空"。上次进来时看到的奇怪家什自不用说，就连普通的冰箱和煤气灶都不见了，只剩下玄关和厨房的灯泡还散发着微弱的灯光，两室一厅的房子空空荡荡。

广一的肩膀耷拉了下来。他是真的累坏了。

"广一，回家吃晚饭吧。"父亲不知何时回来了，他稍稍拉开空房的门，轻声唤道。

第十九章
离别之时

吃过晚饭，广一看向墙上的挂钟。快八点半了。

"校长和大谷老师应该快到了吧……"母亲喃喃自语。

父亲一边点烟，一边回答道："你说他们过得来吗？搞不好也被记者困住了……没办法脱身……"

就在这时，广一突然反应过来："爸爸……你说那群记者会不会去采访其他同学啊？"

"肯定会啊，"父亲吐出一口烟，"事情闹得这么大，受影响的肯定不止你一个。"

广一看着父母："万一记者真去了……"

"怎么了？"

"肯定会有人提起今晚的约定，到时候……"

"不好！"父亲连忙掐灭烟头，"广一，你赶紧上天台去！"

"孩子他爸！"

"待会儿很可能会有大批记者赶过来！"父亲一反常态，略显慌张，"你先上去，把天台的门反锁。否则——"

"好！"

广一接过母亲递来的钥匙，匆匆穿上鞋，跑向天台。

天台上很是昏暗，寒风呼啸。七层高的新村大楼户数众多，规模远超普通公寓，所以天台建得非常宽敞，以供居民们晾晒衣物。

锁好门后，广一叹了口气，然后走到铁丝网围着的天台边缘，向下望去。

目光所及之处，灯火辉煌。向西北方向远远望去，通天阁铁塔①上的探照灯徐徐旋转，从那里到难

---

①通天阁铁塔：位于日本大阪市浪速区的一座展望铁塔，是大阪的地标之一。

波①区域尽是成片的霓虹灯，明灭闪烁。夜景一如往常，璀璨夺目。

广一低头看表，发现已经快九点了。他走回天台中央，环顾四周。自下方透来的光亮，隐隐照出天台的轮廓。

一切如常，没有丝毫要出事的迹象。

"岩田同学！"

忽然，广一听到有个女人在喊他，像是大谷老师。

广一跑到门口。原来是妈妈把大谷老师带来了。

"校长呢？"广一边开门边问。

大谷老师摇了摇头："校长来不了了……那些'神童'所在学校的校长都被叫去教委开会了，报社和电视台的人也追着他不放。"

"您也被采访了？"

"可不是嘛，"大谷老师点了点头，"被折腾得半条命都没了。"

她望向天台："有什么动静吗？"

_____

①难波：日本大阪市中央区的一个地区，为大阪两大主要商业购物区之一。

"还没有。"

"我心里七上八下的，"母亲说道，"也不知道接下来会发生什么事……"

可是，显然没人能回答这个问题。三人只得在阵阵寒风中看着夜幕下的天台。

"好安静啊……"大谷老师喃喃道。话音刚落，她似乎想起了什么。

"听说香川同学想办法说服了全班同学，让大家先别和其他人提起今晚的事情，等到明天再说。"

广一垂下了眼眸。难怪没记者找来……他感觉今天从小绿身上学到了很多。

就在这时，大谷老师和母亲都轻声惊呼起来。广一也抬起头，注视着前方的天台。

片刻前，天台上只有微风拂过。此时，在昏暗的混凝土晾衣区上空，竟渐渐出现了一个球形物体，散发着淡淡的磷光。

光球前后左右剧烈地颤动着……

震颤持续了十多秒。三人瞠目结舌地看着这个物体。震颤逐渐减弱。磷光消失了，光球变成了直径约两米的球体，悄无声息地降落在天台上。一落地，光

滑的金属表面上就浮现出了一个长方形的框线。

　　广一和大谷老师、母亲一起站在十米开外的天台门口，目睹了这一幕。对于自己如此淡定，他感到不可思议。

　　不难推测，那个球体并不属于这个世界。连它出现的方式都远超广一的常识……但广一发现，自己观察这一切时的心情很是平静，这令他颇感意外。

也许是因为，他从初见典夫的那天起，就看到了各种无法用现代科学解释的离奇现象，已经见怪不怪了。激光枪、麻醉枪……还有在山泽家看到的奇怪家什。事到如今，无论看到什么超越常识的东西，他都能坦然接受了。

仔细想想，这个球体跟其他神奇的工具也并无不同。甚至说，广一在潜意识里正期待着它的出现。

就在广一胡思乱想时，球体表面那个长方形的框线越来越深，仿佛形成了一扇门——不，那就是一扇门。有个少年快步从那扇门里走了出来。

正是山泽典夫。

"岩田同学！"典夫环顾天台，喊道，"岩田同学，你在吗？"

"我在这儿！"广一冲了过去，"等你好久了。"

"对不起。"典夫用力握住广一的手，然后看向天台门口，"谁在那儿？"

"是大谷老师和我妈妈。"

"哦……"典夫微微点头，"大家肯定吓坏了吧？"

"山泽同学！"大谷老师走上前去，"你没事吧？太好了……"

典夫没有回答。他注视着夜幕下的大阪，沉默了一分多钟，仿佛是想把这些景色烙印在脑海中。

"我是不想走的……"典夫淡淡一笑，"可是不走不行了。"

"等等，山泽！"广一上前抓住典夫的胳膊，"你是说……你要离开这个D-15世界了吗？"

"是的。"

"等一下，山泽同学！"大谷老师说道，"这到底是怎么回事？岩田同学好像能听懂你在说什么，可老师……"

"我来解释一下吧。"一个浑厚的声音突然响起，广一等人纷纷惊讶地望向球体。只见一个男人慢慢走了出来，正是典夫的父亲。他身着轻便柔软的服装，腰间挂着一件闪闪发光的武器，看着像是玻璃做的。

"多谢各位对典夫的关照。"典夫的父亲彬彬有礼地跟靠近门口的三人打了招呼，然后站到典夫身后，把手搭在儿子肩头，"他嚷嚷着不想走，但我们不得不走。"

"走？去哪里啊？"大谷老师和母亲同时问道。

"去另一个次元。"

……

"来不及跟各位详细解释了，"典夫的父亲声音很轻，但极具穿透力，"我们是……所谓的'异次元流浪者'。"

"异次元流浪者？"

"是的，"他仰望雾霾笼罩的夜空，"其实宇宙不止一个。据说这个世界也有人提出了这样的观点。无数个宇宙交织重叠，同时存在。"

……

"请各位想象一幅画在纸上的画，"典夫的父亲娓娓道来，"纸上的画不存在'高度'这个概念。哪怕把成百上千张纸叠在一起，彼此之间也毫无关系。它们相互接触，却对彼此的存在一无所知。换言之，纸上的世界只建立在纵轴和横轴上。平面上的每个点或图形，都可以用x轴和y轴上的坐标来表示……我们所在的世界也是如此。立足四轴世界，观察由长、宽、高组成的三轴空间时，你就会觉得它跟纸也没什么区别。"

"那……"

"当然，我们无法生活在四轴世界，却可以通过这条轴转移到另一个世界。只要使用移动装置……"

"请等一下！"广一问道，"您说的第四轴是时间吧？莫非这是……时光机？"

"很遗憾，它并不是时光机，"典夫的父亲笑道，"时间应该是第五轴。我们想尽了办法，却终究只制造出了能够把人转移到其他次元的机器。"

一时间，在场的所有人都沉默了。

"您刚才说的'异次元流浪者'是……"大谷老师催他接着往下说。

"我们漂泊不定，不停地从一个次元转移到另一个次元……"典夫的爸爸露出落寞的微笑，"我们原来生活的世界被一场高科技战争摧毁了……所以我们只能用这个移动装置转移到另一个世界。"

……

"地球的历史虽有无数个次元，但发展进程大同小异，最终都会爆发足以摧毁一切的大战……我们只得一次又一次逃亡，四处寻找可以安稳度日的和平世界……"

"那户口呢？"母亲喃喃道，"你们的户口是怎么弄的？"

"这倒不是什么大问题，我们会分头行动，"典夫的父亲回答道，"先伪造大量以假乱真的户口，然后潜入政府部门，制造出这些户口早就存在的假象就行了。虽然新村的公租房是需要抽签的，但我们会提前准备好户口和各种证明，用几百倍于真实人数的虚假身份去申请……最后总能抽中够所有人入住的名额……"

典夫百无聊赖地跺着混凝土地面。父亲的叙述告一段落时，他叹着气说道："我喜欢留在这里，不想去下一个世界……"

典夫的这句话，让广一回过神来。他想道："就不能想想办法，让这群为了躲避战火颠沛流离的人安安稳稳地住下去吗？刚才听到的一切确实超乎想象，可那又有什么关系呢？他们在这里住得久了自然会适应的……应该是这样。"

广一忽然想起了小绿。

他抿了抿嘴，朝典夫他们迈近了一步。

第二十章

就此别过

广一走到了典夫他们跟前，却不知道自己要说些什么。但他清楚地感觉到，如果自己不做点什么，不仅是典夫和他的父亲，还有他们的同伴——这些性格单纯敏感、外形酷似希腊雕塑的人，都会去往自己永远都无法到达的地方。

"等等！"广一说道，"我还有话要说……请稍等一下。"

典夫父子已经转向了金属球。听到这话，两人回过头来。典夫的父亲一脸讶异，典夫眼中则燃起了希望。

"还有什么事吗？"

"请您听我说两句。"

"不能就这么让他们走"的念头，驱使广一奋力一搏。但急切的心情反而让他说不出话来。

广一转向典夫。

"快说啊！"典夫的目光仿佛在低语，"想办法劝劝我爸爸，让我留在这个世界吧……加油啊……"

"怎么了？"典夫的父亲微笑着问道。

"该从哪里说起呢……"广一险些被汹涌翻腾的情绪吞没，甚至感到头晕目眩。因为想说的话实在是太多了，不可能一口气说完，却又不知该从何说起。"次元……D-15世界……异次元流浪者……勇气……定居……可怜人……广一和同学们……从头再来……"

从头再来？

"嗯，就从'从头再来'这个问题说起吧。就这么定了。"

"请您听我说。"广一的声音比想象中的平静得多。看来他已重拾自信。之前他曾淡定地在走廊上同围观人群理论，傍晚时也从容地应对过记者，现在那种感觉又回来了。

"别怕!"广一心想,"我只要把心里话都说出来就行了,他们一定会明白的,一定会的。"

"刚才您说,你们要离开这个世界,去另一个世界生活。"广一说道,"可您能保证那个世界一定比这里更宜居吗?"

典夫的父亲轻轻按住随风飘扬的轻薄衣物,喃喃道:"确实没法保证。"

接着,他抬起头,看向大谷老师和广一的母亲:"但不试试怎么知道呢?我们总得做好充分的思想准备,努力去面对未知的事物。广一,你说呢?"

……

广一沉默了。这话确实很有说服力……

"不。他说得不全对。"广一恍惚地望向典夫,想道。从刚才开始,典夫就一会儿看看父亲,一会儿看看广一。但与广一刚才叫住他们时相比,典夫的情绪明显变得更低落了,他一脸无奈的表情仿佛在说:"眼下说什么都没用了。"

"对了!"

广一灵光乍现,把目光移回典夫的父亲。

"你们就这么漂泊下去,然后呢?"广一突然喊道，"从一个世界转移到另一个世界，最终就能找到一个理想的世界吗？"

"那正是我们的夙愿，"典夫的父亲点了点头，"我们也希望有朝一日能找到理想的栖身之所。但一个世界究竟好不好，只有住了才知道。"

"所以，你们本以为这个世界——D-15世界是最理想的？"

"差不多吧。"

"您不觉得这个夙愿有点问题吗？"不知不觉中，广一攥紧了拳头，"真能找到百分百理想的世界吗？一个世界的模样，难道不是由生活在那里的人们的心态决定的吗？"

典夫的父亲似乎被问了个措手不及。

广一趁势追击："也许根本就不存在什么理想的世界，反正我就是这么想的。我们这些只能生活在这个世界的人，如果不这么想，要怎么过日子啊？你们有办法从一个次元转移到另一个次元，所以才会挑挑拣拣，不是吗？"

典夫的父亲深深地点了点头。

"我懂你的意思……不，是我受教了。"他感慨道，"哪怕是你这样的年轻人，只要认认真真过好每一天，就能说出这样铿锵有力的话……就能践行这样的信念。"

"那——"

"可惜啊……"典夫的父亲闭上眼睛，慢慢地摇了摇头，"太迟了，来不及了……我们已经不属于这个世界，而是要去的那个新世界的人了。"

……

"所有的手续都办完了，广一……为了潜入那个世界，我们早就准备起来了。意识到没法在这里住下去的时候，我们就召集了所有人，所以才引发了这场风波。"

广一想起来了，就读于各所学校的异次元流浪者确实是一起消失的。

"大家已经变成那个世界的人了，"典夫的父亲点了点头，"这身衣服也是属于那个世界的……事到如今，已经回不了头了。"

"哦……"

广一心想："真的没办法了吗？事态已经发展到这个地步了吗？真的无能为力了吗？"

典夫父子与广一他们对视片刻。没有一个人开口说话。如刀锋般划过昏暗天台的探照灯也好，在远处不停闪烁的霓虹灯也罢，都显得格外遥远。

夜色渐深，风也越来越凉了。

广一又想："我这辈子都忘不了这个夜晚……"

想必典夫也是如此。

第一次相遇，雨后的争吵，还有运动会上的景象……这一幕幕闪过广一的脑海，回忆仿佛彩虹般灿烂，随即归于黯淡。忽然，广一又想起了小绿。

"永别了。"典夫的父亲喃喃道。说完，他便转过身，走向金属球。

"我受够了！"典夫突然抓住父亲的衣服，大吼一声。

"典夫！"

"我受够了……"典夫用另一只手的手背狠狠擦脸，仿佛下一秒就要哭出来了，"搬了一次又一次，去了那么多不一样的世界……我受够了！好不容易交到了朋友……怎么又要……"典夫仰天长叹，"怎么可以这样啊……这样的日子……还要过多少年啊……"

"典夫，别这样，"典夫的父亲语气平静，"死心吧。我们是无家可归的异次元流浪者啊……这都是命。"

典夫总算控制住了自己的情绪。他看了一会儿广一他们，随即转过身去，冲进了金属球。

但他很快又出来了。只见他跑过来，把一个又小又重的东西塞进广一手里。

"这把激光枪送你了，"典夫语速飞快，"拿着吧。"

"啊？"

"你不喜欢的话，扔了也不要紧……我只是想向你证明，我把心留在了这个世界……所以……所以……"

……

"等我再次回到这里的时候，你还愿意跟我做朋友吗？"

"回到这里？"

"典夫！"父亲唤道，"没时间了。"

一阵沉默。

"又得通过催眠学习新世界的语言了……"典夫低声说道，"但我永远都不会忘记这个世界……我一定会回来的。也许要等上十年、二十年甚至五十年……就算回不来，这也是我下半辈子的盼头。"

"山泽……"

"不说了，"典夫强颜欢笑，"再见。"

典夫正要走向金属球，却突然回过头来："代我向香川同学问好。"

说完最后一句话，典夫便随父亲走进了金属球。广一他们呆呆地看着"门缝"渐渐消失，金属球再次剧烈震动起来。

广一心想："他对人与人之间的爱意和善意极为敏感，不可能察觉不到……"

一丝嫉妒之情掠过心头。但他是在嫉妒典夫，还是在嫉妒小绿？不，他十有八九是羡慕他们俩的友谊。

"……不见了。"母亲喃喃道。大谷老师也跟着叹了口气。

但广一没有回头。他茫然地注视着金属球停留过的混凝土天台、四周的铁丝网，还有远处的万家灯火，心里充满难以诉说的惆怅，不禁感慨万千。他不想让别人发现，自己的视线已在不知不觉中变得模糊。

第二十一章
黯然神伤

那夜过后，事件的热度直线飙升。校长和其他老师自不用说，家住大阪市内、和失踪的转校生有那么一丁点关系的家长都成了媒体追逐的对象。

各家报纸和杂志都报道了这起离奇的事件，连学术界和文化界人士都分析起了事件的原因。

广一他们的生活何时才能重归平静，这实在难以预料。媒体对那晚的事刨根问底，广一疲于应对，很是郁闷。大谷老师他们觉得，一直瞒下去也不是个办法，迟早会有同学说漏嘴的，所以他们建议广一鼓起勇气，告诉同学们那晚究竟发生了什么。

广一的叙述在班上引起了巨大的反响。一连数日，各家媒体涌向阿南初中。

典夫的父亲说的那些话也引起了各方猜测。有些人持肯定态度，试图论证"我们现有的常识并非全然正确"。但大多数人认为那都是天方夜谭，广一他们不是在撒谎，就是让幻觉作祟。

但广一懒得争辩。他一方面是觉得再争辩也无济于事，另一方面则是担心同学们。他意识到，放任事态升级意味着阿南初中无法回归常态，同学们自然也无法安心学习。

"你就随他们去吧！"广一的父亲也说，"媒体都是喜新厌旧的。等新鲜劲过去了，他们就会把这事忘得一干二净……你耐心等着就是了，不必把自己卷入旋涡中。"

不出父亲所料，风波日渐平息。一个月过后，除了直接当事人，都没什么人再聊起这件事了，连同学们也尽量不再提起。尽管典夫的身影还留在大家心里，但他引发的那些事已不再是困扰大家的问题了。随着典夫和他的族人的失踪，这场骚乱也最终一同消失了。不知不觉中，他们变成了只存在于同学们记忆中的影像。但广一心知肚明，班上有一个人还惦记着典夫……不用说，正是香川绿。

看到语文老师拿着一叠试卷站上讲台，全班鸦雀无声。

"上次小考的成绩出来了，"语文老师朗声道，"可能是那件事使大家分心了，这次的成绩很不理想，班级平均分才47分……80分以上的同学也只有三位。再这么下去可不行啊。期末考试大家得加把劲了。"

语文老师挨个点名返还试卷。

广一的成绩也下滑了很多。

"岩田，你怎么也考成了这样？"语文老师轻声说道，"才考了83分，都跌出年级前十名了。"

广一默不作声，低头接过试卷，回到自己的座位。

"没关系，"广一心想，"下次考好就行了……反正语文也考不过小绿，有83分就该谢天谢地了。"

抬眼时，他看到小绿回到了座位，问道："你考得怎么样？"

小绿却没有回答广一。她默默坐下，摊开试卷，然后又缓缓叠起来。

就在这时，小绿的成绩映入广一的眼帘……61分。

"不可能！语文一向是她最擅长的科目啊……"广一惊讶地想道。

细想起来，近来的小绿确实能用"死气沉沉"来形容。她不再像往日那般活泼开朗，上体育课的时候都没精打采，在课堂上被老师点名时，也常常答不上来。

那晚过后，广一把典夫的话原原本本转达给了小绿。但这么做也许并不明智。打那以后，小绿就跟变了个人似的。

"香川同学！"广一小声道，"香川同学！"

面色苍白的小绿瞥了广一一眼，但随即垂下眼眸，微微摇头，仿佛连话都懒得回一句。

广一不由得想："她是不是还惦记着典夫啊……命运对小绿是何等残忍……哪怕她等到天荒地老，典夫都不会回来了。"想到这里，他不禁更心疼小绿了。

但他无能为力。除了默然旁观，他还能做什么呢?

第二十二章

峰回路转

日历一页页翻过，第三学期①拉开帷幕。阿南初中充满了焦虑、紧张的气氛。广一每天一早都踩着结冰的柏油路去学校参加早自习。

不远处是北畠（tián）高中，阿南初中因每年考入该校的学生最多而闻名。同学们都暗暗较着劲，学习很是自觉，不用老师一天到晚盯着。

这都第三学期了，升上初三的日子近在眼前，气氛紧张也是在所难免。班上过半的同学参加早自习本就是历年的惯例。

---

①日本中小学实行每学年3学期制，第一学期是4月至7月，第二学期是8月至12月，第三学期是次年1月至3月。

刚跨进校门，广一就看到前面走着一个提着书包、垂头丧气的女生。

正是小绿。

"早！"

广一喊住小绿追了上去，却发现她的脸色很难看。

"好久不见。"

"……嗯。"

两人在尴尬的气氛中并肩而行，打开了教室门。

时间还早，教室里空荡荡的……不对，有个少年正抱头坐在讲台前的座位上，身上穿着破破烂烂的衣服。

小绿顿时惊呼起来。广一也扔下手里的书包，和她一起冲向讲台。

天哪……怎么会……广一大声喊道："这是怎么了？！"

小绿也大叫道："山泽同学！"

这个穿着被烧得焦黑、破烂不堪的衣服的少年正是山泽典夫。只见他抬起头，缓缓转过身来。

在那张清秀俊美的脸上，广一又看到了那个超越世俗的复杂微笑。

第二十三章
总算回来了

广一和小绿冲到讲台时，山泽典夫已经站了起来，样子虚弱得难以形容。他本想伸出手来，却随即瘫倒在地。

"山泽！"

"撑住啊！"

两人绕到典夫两侧，把他扶了起来。典夫微微睁开眼睛，喃喃自语："我是山泽……典夫？"

"你说什么？"

"好了……"典夫盯着半空，面露微笑，"我又能……做回山泽典夫了……"说完，他再次闭上眼睛，四肢无力地瘫软下来。

“山泽同学！”小绿尖叫起来。

广一伸手探了探典夫的鼻息，说道：“没事……就是晕过去了。赶紧把他送去医务室吧。”

“啊？”小绿看着广一愣了几秒，好不容易才回过神来，用力地点了点头，“好……就按你说的办！”

把典夫抬起来一看，他的模样简直惨不忍睹。衣服被烧焦了，到处都是破洞，身上也有好几处伤口，但那张毫无血色的脸仍像希腊雕塑般精致。

“回来了……”小绿不住地喃喃道，“山泽同学……你总算是回来了……”

广一却在琢磨：“山泽典夫为什么回到了这个世界……还有，为什么只有典夫一个人回来了……他又为什么遍体鳞伤……”

他越是琢磨，就越是心乱如麻……

“天哪，怎么了？”在通往医务室的走廊上，广一他们偶遇了刚到学校的大谷老师。

“他不是……”大谷老师惊讶得半张着嘴，盯着典夫，“他……不，不可能……他不会是山泽同学吧……”

“错不了，就是山泽典夫同学。”小绿坚定地回答，她已恢复了镇定，不似刚才那般惊慌失措了，

"我们正想送他去医务室……"

"他……"大谷老师嗓音沙哑，"他是从哪儿来的啊？身上的衣服怎么都……"

话说到一半她便打住了。大谷老师跟平时一样，麻利地下达了指令："医务室的门应该没锁……我这就去通知校医，你们先把山泽同学扶到床上躺着。"

"好！"小绿点点头，给广一递了个眼神，然后扶住典夫的胳膊，往医务室走去。

广一和小绿一同走进医务室。他发现小绿的状态有了惊人的转变。直到昨天……不，直到片刻前，她还了无生气，此刻却变回往日那个果敢机敏的少女……广一能理解其中的原因，然而当这样的变化突然呈现在眼前时，他还是感到有些不可思议。

"岩田同学，快去打点水来烧！"把典夫扶上床后，小绿打开煤气灶，又把水壶塞给广一，"待会儿医生肯定会用到热水的。"

就在这时，典夫重重地呼出一口气，睁开双眼。

"你醒啦？"小绿问道。

典夫微微点头。

"老师和校医马上就到！"

“请再坚持一下！”

典夫的两颊有了几分血色。广一觉得，他的脸就像一朵沐浴着晨光的玫瑰，仿佛还带着几分幸福的神色。

“这里是……医务室？”典夫用虚弱的声音说道，“哦……我真的得救了……”

“什么意思？”广一下意识地问道，“到底出了什么事？”

“岩田同学，这个时候就别问这些了！”小绿厉声打断。

典夫却缓缓摆手道：“没关系……让我说吧。”

两人沉默不语。

“我……我们……”典夫轻声叙述起来，“去了D-26世界……”

两人点了点头。大概是早自习就快开始了，同学们的喧闹声从教学楼传来。可广一和小绿哪里还有心思上课呢。

“没想到……”

典夫紧咬着下唇。他想挤出一个微笑，可不论怎么看，他此刻的表情都显得极不自然。

"没想到……我们并不是唯一的异次元流浪者……"典夫竟笑出了声，"哈哈……之前我们以为只有我们是异次元流浪者，这真是个天大的错误……到了D-26世界，才发现还有其他流浪者……"

他的语气里透着苦涩。

"早在我们之前，就已经有数以万计的流浪者抵达了那个世界。"

……

"可D-26世界的人不愿接纳我们这样的异次元流浪者……他们不容许任何流浪者融入他们的社会……"

……

"知道我们遭遇了什么吗？"典夫咬紧牙关，泪水夺眶而出。

"等我们全都到达之后，D-26世界的人就发动了围剿……D-26世界确实没有战争……可这是有原因的。因为那个世界的人会通过猎杀异次元流浪者来满足他们的战斗本能，就像人类猎杀猛兽那样！"

广一虽然没能完全听懂典夫的话，但他意识到：典夫和他的同伴们大概是被那个世界的人当成了某种猎物。

"我们被他们追杀……大家都走散了……有人中了枪……有人被石头砸倒……有人被抓住了，手脚都被……"

"别说了！"小绿突然捂住耳朵，"别说了，别说了，别说了！"

"现在确实不是说这些的时候，"有个声音响起，"当务之急是养好身体。"

原来，不知什么时候，大谷老师已经站在了医务室门口。她继续说道："而且校医也来了……"

广一他们定睛一看，发现校医和另外两位老师就站在大谷老师身后，一直往里面张望。

"你们还要上自习课呢，"大谷老师说道，"剩下的就交给我们吧。"

广一正要点头，却见典夫猛地坐了起来。

……

典夫恍惚地环顾在场的众人，仿佛刚刚才清醒过来。广一分明看到，绝望的神情逐渐爬上他的脸庞。

"哦……"他的声音是那样落寞，"果然……是这样……回到这里的……只有我一个吗……"

所有人一下子呆住了，愣在原地。

广一恍然大悟。典夫说的是他的族人。不，还有他的家人……包括他的父母……

典夫垂头丧气，双手掩面。

"唉……"他的叹息声从指缝中漏出来，"只剩下我孤零零一个人了……"

"不！"小绿尖声喊道，"别这么说……你不会孤单的……大家都会陪着你……班上的同学们，岩田同学，还有……"她的脸颊顿时变得通红，"还有我……"

"我该怎么办啊？"典夫流下了愤恨的泪水，"为什么我不能像普通人那样过上安安稳稳的日子？我……"

"坚强一点！"小绿冲到病床边，"别认输啊……很快就能找到你爸爸妈妈的……你要振作，打起精神来，典夫同学！"

广一注意到，大谷老师的脸上闪过一丝惊讶的神色。没错，小绿喊的是"典夫同学"，而不是"山泽同学"。

但注意到这一点的只有大谷老师和广一。大谷老师瞥了广一一眼，把手轻轻搭在了小绿肩头。

"先别说这些了，"大谷老师柔声道，"山泽同学还没平静下来……还是交给校医处理吧，我们都出去，好不好？"

小绿深深地点了点头，随即低着头，第一个走出了医务室。

最后出去的广一临走前看了一眼病床。典夫也许是筋疲力尽了，瘫在床上，任由校医打针。

第二十四章
如何保护典夫

今天的第一节课是大谷老师的科学课，但大谷老师一反常态，迟迟没有现身。

不过就算大谷老师来了，怕是也没法上课。一眨眼的工夫，校园里已是流言蜚语满天飞，典夫成了全校议论的焦点。典夫待过的初二（3）班就更不用说了，跟捅了马蜂窝似的乱成一团。

"听说山泽回来了？"

"就在医务室呢！"

"到底是怎么回事啊？"

"谁知道呢！"

同学们一通瞎猜，议论纷纷。把典夫扶去医务室的广一和小绿被十几个同学团团围住，动弹不得。

"到底是什么情况啊？"一位女生问道，"衣服都破破烂烂的……他到底出了什么事啊？"

"说是在别的次元被欺负惨了。"另一位同学回答道。

"怎么就被人欺负了呢？"

"他有没有说异次元是什么样的啊？"

同学们叽叽喳喳地说个不停。他们的问题好似机关枪发射的子弹，一个接着一个。

广一一边回答，一边看向身边的小绿。她也在回答同学们的问题，但不会说半句多余的话，而且每每停下，都会露出若有所思的神情。那表情仿佛在说："我不想待在这嘈杂的中心……真想一个人静一静。"

"哗啦——"过了足足十五分钟，教室的前门终于开了。来人正是大谷老师。她肯定是刚和许多人商量完典夫的事情。同学们纷纷起身冲向讲台。

"老师！现在是什么情况啊？"

"他怎么样了？"

"安静！"大谷老师张开双臂，"都回座位上坐下……都坐下！"

同学们被大谷老师的气势震住了，陆续走回自己的座位。

教室里渐渐安静下来。大家期待着大谷老师的发言，每个人都屏住了呼吸。

大谷老师却一言不发，拿起课本环顾全班："让我们一起学习细胞组织——"

话音刚落，教室里寂静的状态就被打破了。有人站了起来，有人举起了手，对大谷老师嚷嚷道：

"您快告诉我们啊，山泽同学怎么样了？"

"您不说的话，我们哪还有心思学习啊！"

大谷老师放下课本，先看向广一，又看了看小绿。然后环顾全班，换上狡黠的表情："你们就这么想知道呀？"

"那是当然！"同学们嚷嚷着。

大谷老师莞尔一笑："哦……那就告诉你们吧。"

她双手背在身后，在讲台上边走边说："老师们刚开了个会。情况实在很复杂……毕竟我们得先明确'山泽同学到底是不是这所学校的学生'。"

大谷老师制止了吵嚷的学生，继续说道："因为我们不清楚那群失踪的人还有没有户口……户籍信息、居民登记信息和学籍信息倒是还在，可大家都知道那是他们伪造出来的。如果他们都回来了，肯定又会掀起一场轩然大波。"

"老师！"小绿倏地起立，"您怎么可以这么冷血呢？我们还当他是同学呢！"

"没错！""说得好！"……同学们纷纷附和。

大谷老师边听边点头，然后又在讲台上踱起了步子。

"老师也很理解大家的感受，"她低语道，"但社会影响总归是要考虑的。人不能光凭情感或道理做事，必须先对社会局势做出判断。"

"岂有此理！"广一也沉不住气了，"没想到您也会说这种话！"

大谷老师昂首挺胸，没有理会广一，继续说道："要设想可能出现的各种情况，然后找到对策……所以才折腾到了现在。要不了多久，媒体就会蜂拥而至，就跟上次那样……老师们开会的时候，也一直都在探讨怎么样才能保护好山泽同学。"

广一心想："搞什么嘛……您直说不就好了，何必害得我们误会……"

听到这里，全班同学都松了一口气，看来他们和老师想到一块儿去了。

"当务之急是把山泽同学送去医院……眼下还联系不上他的家人，所以老师当了他的担保人。刚才他已经住进了附近的医院……他伤得很重，不过养两天应该就能缓过来了。"大谷老师拿起课本，继续说道，"学校跟医院商量好了，对外就说山泽同学需要静养，后天之前谢绝探视——其实主要是为了躲避媒体。等后天一过，大家再一起去探望他吧。这下你们总该满意了吧？好了，打开课本！"

同学们纷纷打开课本。大谷老师像往常一样开始讲课。

第二十五章
天台来客

　　"这段时间，你们怕是又要被媒体追着跑了，"晚饭后，父亲放下手中的杂志笑道，"跟明星有得一拼啊。"

　　"我也听广一说了，还看了新闻，"母亲忧心忡忡道，"简直跟做梦似的……"

　　"哎哟，你怎么能说这种话呢，"父亲调侃道，"你可是亲眼看着他们消失的啊。"

　　"可……"

　　"不过这事恐怕挺棘手啊……"父亲伸长脖子看向广一，"广一，你做好思想准备了吗？"

　　广一耸了耸肩，随即抬起头道："对了，隔壁的房子是不是已经有人住进来了？"

　　"嗯……好像是上个月搬来的。"母亲回答道，"怎么了？"

　　"那山泽不就无家可归了？"广一托着下巴，"他以后住哪儿呢……"

　　"那孩子也怪可怜的，"母亲喃喃道，"爸爸妈妈都联系不上……"

　　广一一直坐着，呆呆地想着典夫的事。

　　"真没想到事情会变成这样……典夫好不容易去了另一个次元，却在那里遭到了迫害，跟家人也走散了……"

　　这一切都是广一始料未及的。

　　"咦？"父亲低声说道，"你们听，是不是有人来了？"

　　广一吓了一跳，望向外面。

　　"搞不好是记者。"母亲反应很快，倏地钻进厨房。

　　屋外的喧闹声越来越响。肯定不止一两个人，搞不好有十多个……不，好像有几十个人正七嘴八舌地议论着什么。

广一全家屏住呼吸。又要被记者追着跑了吗？但那群人只是一个劲地说话，迟迟没有按响广一家的门铃。

母亲在厨房里竖起耳朵听了一会儿："怪了……这些人好像是从天台下来的，一个接着一个……"

天台？广一和父亲面面相觑。难道是……广一怀着一丝希望冲到窗边，掀开窗帘。

只见门外的走廊上挤满了人。一群男女老少正吵吵嚷嚷，每个人都穿着破破烂烂的衣服。广一在人群中发现了典夫父亲的身影。他不假思索地打开门锁，冲到走廊上……

第二十六章
平安归来

广一跑了出来，聚集在640室门前的人们纷纷转头。

"您不是山泽同学的父亲吗？"广一惊呼，"到底出什么事了？"

典夫的父亲仿佛触电一般，在人群中猛然抬头。他也是衣衫褴褛，脸和手都脏兮兮的。

"你是……岩田同学！"他冲了过来，双手用力按了按广一的肩膀。

"典夫呢？他有没有回到这边？"他鞠躬低头道，"求你告诉我……我们好不容易才逃了出来。大家都走散了……我猜典夫要是能逃出来的话，也只会往这里走，于是就带着大家一起回到了D-15世界。你知不知道他的下落？"

如释重负的感觉像潮水般涌入广一的胸膛。他在心里欢呼："太好了！"

广一正视典夫父亲的脸，大声喊道："典夫比你们早到一步，这会儿在医院呢！"

走廊上爆发出一阵欢呼声。

典夫的父亲终究还是没控制住泪水，用胳膊狠狠擦了擦脸。典夫的母亲则依偎着他的肩膀。

"怎么样，我没说错吧！"典夫的父亲对众人喊道，"D-15世界才是我们的归宿！我们肯定能在这里安顿下来！"

然后他换了一种广一听不懂的语言，飞快地对大家说着。广一虽然听不懂，但能猜到那大概是D-26世界的语言。

"就是南边的那家医院？"典夫的父亲回过头来，对广一说，"我们立刻就去！"

就在这时，广一的父亲开门出来，问道："广一，出什么事了？"

结果他一抬头，就认出了典夫的父亲。

"您是典夫的父亲吧？"他走上前去，伸出手说，"听我儿子说，你们吃了很多苦……"

　　"谢谢……谢谢！"典夫的父亲用力握住广一的父亲的手，连连鞠躬，"我们太傻了……四处流浪，一心想找最好的世界定居，却落了这么个下场……太后悔了……"

　　"赶紧去医院吧。"广一的父亲说完，环顾四周问道，"这些人是？"

　　"他们是跟我们一起逃出来的异次元流浪者。有些是我们的族人，有些是在D-26世界新认识的。大家都是那个世界的人的'猎物'，好不容易才逃了出来。"

　　他们的动静许是惊动了新村的居民，走廊上的人越来越多，不少人探头探脑地看向这边。广一的父亲反应迅速，说道："你们还是赶紧去医院吧，让广一和他妈妈带路。至于其他人……今晚还没地方落脚吧……好，我来想办法，有个地方正合适。"

　　"可是……"

　　"先安顿下来再说吧，"广一的父亲笑道，"你们可得养足精神，不然怎么应付得了警察和媒体呢。"

　　看着父亲指挥若定的样子，广一十分佩服。

第二十七章
共创明天

　　所幸医院的探视时间还没有结束。一行人在前台问到了病房号，以最快的速度上楼。一路上都没人说话，唯有脚步声在走廊里回荡。

　　"到了！"

　　一行人停下脚步时，病房中的低语也戛然而止。

　　"房间里有其他人？"广一正疑惑时，病房里的人轻轻打开了房门。

　　"啊，大谷老师！"

　　"岩田同学？"说完，大谷老师看向广一身后，顿时露出难以置信的神情，惊呼道，"这不是山泽同学的父亲嘛！这位肯定是他的母亲吧？"

听到门外的声响，一个女生从病房里探出头来——正是香川绿。小绿很快就反应了过来，顿时眼睛一亮。

这时，典夫的父母已经冲进了病房。

广一和母亲紧随其后。

面对这突如其来的惊喜，坐在床上的典夫一下子瞪大了眼睛，说不出话来。

片刻后，一家三口紧紧相拥。

"太好了，太好了……"大谷老师喃喃自语。广一也觉得整个人突然如释重负。一切都顺利得难以想象。

母亲悄悄向广一使了个眼色，言外之意是："我们先回去吧，别打扰典夫一家了。"

大谷老师大概也察觉到了病房里的气氛，正要吩咐小绿一起离开。

"等等！"开口的是典夫的父亲，"你们可以再多待一会儿吗？我们再也不会关起门来过日子了。我们终于明白：如果不和大家打成一片，就没法真正地在这里扎下根来……快请坐！要是你们都走了，我们会感到孤独的。"

"对啊！"典夫也帮腔道。他的气色比早上好多了。虽然浑身上下都缠着绷带，但声音听起来已经和往日一样有力，"求你们了，先别走！"

　　"这家伙还是那么任性啊。"广一不由得想到。但不可思议的是，他不仅一点都不生气，而且还从典夫的话语中感受到了某种温情。

　　"我们一路走来，体验过许许多多的世界，"典夫的父亲说道，"嗯……什么样的世界都有。可能是因为它们虽同时存在却属于不同的时空序列，也可能是由于时间本身的扭曲、历史的差异等因素的影响，使得原本相同的人类竟发展成了全然不同的样子……有的世界高度发达，有的世界的人们还在与动物共存共荣，有的世界才刚进入铁器时代。"

　　在病房昏暗的灯光下，典夫的父亲感慨道："但所有的世界都在缓慢或迅速地进入科技时代……当然，有些世界甚至还没摸到科技时代的门槛……不过仔细想想，我们是没法在那样的世界生活下去的。"

　　他的脸上浮现出柔和的微笑："因为我们体验过建立在科技成果上的文明，对此已经习以为常了。

如果再退回没有科技的时代，由于我们改变不了已经养成的生活习惯和思维方式，因此即便那里是人间乐园，我们肯定也无法适应。这是没办法的事情。我们该做的，不是逆时代而行或四处逃窜，而是鼓起勇气面对未来，为自己创造未来。与其为未知的末日之战担惊受怕，我们不如齐心协力，想方设法阻止大战的爆发……这才是我们真正该做的啊。"

大家都听得无比认真。

"当然，这个世界也有各种各样的矛盾，也有很多令人愤慨的事情，有时也会让人觉得未来一片茫然。即便如此，每个人还是竭尽全力，努力用自己的双手创造美好的未来……就像岩田同学那样。这就对了。只要这份信念还在，这个世界就垮不了。我们也得怀着这样的信念活下去。永不言弃，携手并进，绝不丧失斗志，全力以赴面对困难。要的就是这种精神……我们想在这里长长久久地生活下去。"

"真的吗？"小绿欣喜地喊道。在场的每一个人，眼里都闪烁着光芒。虽然病房中光线昏暗，但每个人的脸上都洋溢着希望，他们决意用自己的双手在这个世界创造美好的未来。

"咦，好像有人来了……"广一的母亲话音刚落，就有人轻轻推开了房门。

原来是广一的父亲。他穿着大衣，身子微曲，一进门便跟众人打了声招呼："大家好！"

然后，他转向典夫的父亲："我安排他们住进了我们公司的宿舍。宿舍每天晚上十点关门，外人进不去，至少要到明天早上才会有媒体找上门来。"

"十点？"小绿叫道，"天哪，都这么晚了吗？"

"放心，"大谷老师把手搭在小绿肩头，"待会儿老师送你回家。"

"那我们就先……"广一他们起身告辞。

就在这时，躺在挨着窗口的病床上的典夫突然大喊了一声，惊得大家停下了脚步。

"下雪了！"典夫指着窗外，跟小孩子似的欢呼起来，"下雪了！好大的雪啊！"

窗外确实下起了鹅毛大雪。病房里的灯光照出去，雪花若隐若现。白雪驱散了大家心中的阴霾。典夫自不用说，其他人脸上的表情也明朗了许多，仿佛有盏明灯在心中点亮。

"下雪了呀，"大谷老师喃喃道，"瑞雪兆丰年。"

"看这样子，搞不好雪会积起来呢。"广一的父亲快活地说道，"不知道能不能打到车……"

他看向广一和妻子说："我们走吧？"

"嗯。"广一应了一声，向山泽一家道别，"再见。"

典夫的父亲点头致意道："感谢你们为我们做的一切。"

"典夫同学，再见！"小绿也告别道。

典夫俊美的脸庞微微一动，说道："再见……明天见。"

就是这句话让广一深受触动。"明天见"这三个字，不就是此刻所有人的心声吗？山泽家也有了值得期盼的"明天"。不，不光是山泽家。其他的异次元流浪者、大谷老师、小绿和广一全家也不例外。

人人皆有"明天"……我们必须认识到明天的可贵，用自己的双手创造更加美好的明天。

第二十八章

最后一课

该怎么对待典夫和其他异次元流浪者呢？这个问题当然引起了全社会的激烈讨论。

所幸人们最终达成了一致：给他们日本公民的待遇。虽然他们的户口和居民信息都是伪造的，却和真的一模一样，而且他们的遭遇也引起了大家的同情。情况显然正朝着好的方向发展。

窗口吹来的风依然料峭，却也透着春天临近的气息。

大谷老师提前讲完课，然后合上课本，双手撑着讲台，环视初二（3）班的所有学生。

"初二的科学课就上到这里，"大谷老师说道，"马上就是期末考试了，然后是结业仪式……下次开学的时候，你们可就是初三的学生了。希望大家刻苦学习，全力备战中考。"

台下静得出奇。一种难以名状的落寞氛围笼罩着教室。

"大家都在回忆这一年的风风雨雨吧……"广一心想。对他自己来说，过去的一年也是跌宕起伏，尤其是山泽典夫出现后的每一天。如今回想起来都跟做梦一样。

大谷老师沉默片刻，回过神来对大家说道："对了，今天还有件事得告诉大家。"

她把手指向坐在第一排的典夫："山泽同学，要不你自己说吧。"

广一呆呆地望向起立的典夫，心想："又出什么事了？"

"我下学期就要搬去东京了。"典夫开口说道。

"东京？那岂不是要转学……"小绿轻声问广一。

同学们大概都想到了这个问题，顿时窃窃私语起来。

典夫耐心地等大家安静下来，然后用平静而清晰的声音说道："正如大家所知，和我一起来的异次元流浪者在这个世界相继找到了工作，分散到了全国各地。我的父亲也想扎下根来，为这个世界做些贡献……他在东京找到了一份工程师的工作。"

他说到后面，略微哽咽，但很快又恢复了坚定的语气，继续说道："这件事是昨晚突然定下来的。我也不想转学，但大家迟早都要各奔东西……所以我还是决定和父亲一起搬到东京去。到了东京……我也不会忘记初二（3）班的。我在新的学校继续学习时，心里也会一直记挂着大谷老师、岩田同学、香川同学和你们。"

"山泽同学本来不想这么早说的……"大谷老师接过话茬，"但老师劝他今天说出来。因为大家都是山泽同学的朋友，我觉得他有义务好好地跟朋友们道别……不是吗？"

广一看了看大谷老师，又看了看典夫，听得分外认真。起初他还有些委屈，觉得典夫应该头一个告诉他，但转念一想，这样也没什么不好。

广一看向一旁的小绿。最近她好不容易恢复了往日的神采，不会因为这个坏消息又一蹶不振吧?

谁知小绿不过是对他浅浅一笑。唯有理清了万千心绪的人，才能露出这样的笑容吧。

典夫的归来让愁闷多日的小绿重拾了自我。她告诉自己，和典夫只是"初二的同学"这样的关系，她要努力做回原本的自己。当然，不知道是不是广一多心了，他感觉小绿的脸上还留有淡淡的忧伤，不过应该没什么好担心的。

就在全班同学各自感慨时，走廊上响起了下课铃声。

广一、典夫和小绿并肩走出校门，一如往常。

"对不起，也许我不该用那种形式告诉大家……"典夫说道，"但我隐约觉得，那样会更好一些。"

"我明白。"小绿打断了他，"原来的你就像躲在一层坚硬的壳里，最近却会主动融入大家……这次的事情也体现出你的转变。"

"哦……"典夫点点头，"你明白就好。"

广一没有多说什么，因为他觉得没有开口的必要。他装作不经意地转移了话题。

"就快期末考试啦。"

“是啊！”典夫爽快地回答道，“大家都要加油啊！”

　　三人不约而同地在校门口停了下来。回头望去，教学楼前的樱花树上，已有零星的早樱爬上了枝头。

关于作者和作品

　　眉村卓是日本科幻小说作家，被称为"日本少儿科幻读物的开山祖师"。1934年10月20日出生于大阪，曾任大阪艺术大学教授。他27岁以《下等谋士》进军科幻文学，在40多年的创作生涯中，发表了多篇名作，如《被狙击的学园》《异次元流浪者》《扭曲的城市》等。1979年，他以《消灭的光轮》获得第7届泉镜花文学奖（日本幻想文学最高荣誉）与第10届星云奖。1996年，他再度以《退潮之时》获得第27届星云奖。他的多部作品被改编成电视剧、电影或动画。

　　《异次元流浪者》是作者创作的首部少年科幻读物，最初于1965年开始在学习类月刊上连载。当时科幻小说在日本还处于萌芽阶段。之后，该作品以图书形式出版，多次再版，还被搬上荧幕，先后被拍成电视剧和同名电影。2014年，《异次元流浪者》再次被拍成电视剧《谜之转校生》，由岩井俊二担任编剧，有专栏作家评论此剧是"不朽的校园科幻作品"。

故事发生于日本大阪市的一所重点中学——阿南初中，同学们忙碌学习生活的平静因一个转校生的到来而打破。这位转校生山泽典夫有着希腊雕塑般的俊美容颜，智商过人，运动能力超群，很快成了学校的风云人物。然而，他的行事作风却十分独特，不仅个性冷漠孤僻，而且总是一副紧张兮兮的样子。一场普通的小雨令他开始胡言乱语，口中念叨着"核战争""放射性物质""世界末日"……后来，学校又出现了几个和典夫类似的人……

一次，面对一个闯入者，在家的典夫拿出激光枪打伤了他，由此激起民愤。经记者调查发现，最近有一批不同寻常的少男少女搬来了大阪，他们和典夫一样聪明能干，来历却很神秘……

他们究竟是什么人？来自哪里？有没有什么不可告人的目的呢？这场风波还能平息吗？知道真相的人们，还愿意和典夫他们生活在同一个社会吗？……

书中包含着作者对核战争的深刻思考和强烈担忧，表达了科技的高度发达是把双刃剑。漫画家手冢治虫也指出："故事中的其他世界陆续走向核战争，谁能保证地球永远平安？"如今，核武器虽然没有在战争中使用，但是它的存在依然是重大的威胁。

然而，人类现在的生活早已离不开科技，并且对科技的依赖程度越来越深。科技发展最终是造福还是毁灭人类，完全取决于我们的选择。

另外，书里还涉及"D-15世界""异次元""异次元流浪者"等构想。虽然这些构想在当今的科幻小说中并不罕见，但在作者创作这个故事的那个时代还十分新奇，激发了青少年对宇宙空间的无限想象。